Nous remercions le ministère du Patrimoine canadien,
la SODEC et le Conseil des Arts du Canada
de l'aide accordée à notre programme de publication

 Patrimoine **Canadian**
canadien Heritage

  Conseil des Arts **Canada Council**
du Canada for the Arts

ainsi que le gouvernement du Québec
– Programme de crédit d'impôt
pour l'édition de livres
– Gestion SODEC.

Nous reconnaissons l'aide financière
du gouvernement du Canada
par l'entremise du Programme d'aide au développement
de l'industrie de l'édition (PADIÉ) pour ce projet.

Illustration de la couverture :
Carl Pelletier pour Polygone Studio

Conception de la maquette :
Mélanie Perreault et Ariane Baril

Montage de la couverture :
Ariane Baril

Édition électronique :
Infographie DN

Dépôt légal : 1er trimestre 2008
Bibliothèque nationale du Canada
Bibliothèque nationale du Québec

1234567890 IML 098

... et je jouerai
de la guitare

DE LA MÊME AUTEURE
AUX ÉDITIONS LE LOUP DE GOUTTIÈRE

Éric et les chauves-souris, roman, 2004.
La montagne bleue, conte, 2003.
1, 2, 3… en scène!, théâtre, 2001.
Une dent contre Éloïse, roman, 2001.
Un train pour Kénogami, conte, 1999.

**Catalogage avant publication
de Bibliothèque et Archives Canada**

Blois, Hélène de

    … et je jouerai de la guitare

    (Conquêtes ; 116. Roman)
    Pour les jeunes de 14 ans et plus.

    ISBN 978-2-89633-094-2

    I. Pelletier, Carl. II. Titre III. Collection : Collection
    Conquêtes ; 116. IV. Collection : Collection
    Conquêtes. Roman.

PS8553.L564E8 2008   jC843'.54   C2007-942141-5
PS9553.L564E8 2008

Hélène de Blois

... et je jouerai de la guitare

roman

**ÉDITIONS
PIERRE TISSEYRE**

9300, boul. Henri-Bourassa Ouest, bureau 220
Saint-Laurent (Québec) H4S 1L5
Téléphone : 514-335-0777 – Télécopieur : 514-335-6723
Courriel : info@edtisseyre.ca

*Merci de tout cœur
à Martine de Blois, Stéphanie Falco,
Muriel de Zangroniz, François Nobert,
Natalie Girard
pour leur lecture attentive
et leurs commentaires judicieux.*

*Merci à Fred Lapointe pour sa foi,
à Sophie Ben Saïd
pour son enthousiasme,
à Christine Faucher
pour ses encouragements sincères,
à Mourad Bouamoucha
pour son acuité et sa sagesse.*

*Merci à Mélanie Perreault
pour avoir cru à cette histoire.*

Prologue

Mon amour s'appelait Micha. Il avait des yeux pétillants, une fossette au coin de la bouche et une impressionnante collection de CD. Beau? Intelligent? Bien sûr! Et drôle. Et tendre… Mais voilà. Un vendredi matin, il m'a quittée.

Heureusement, il y a mon groupe *Macadam totem* et Miriam, ma meilleure amie. Depuis cinq ans, elle et moi, on fréquente l'école secondaire Les Prés. Mais ça achève. L'automne prochain, on file au cégep. Hip hip hip… Disons qu'on a hâte d'en avoir terminé avec le secondaire. En attendant, on se retrouve tous les matins au café étudiant avec Fatima, Annabelle et Inès. On feuillette des magazines en bayant aux corneilles. On parle de cinéma, de musique, de mode, des gars qu'on trouve bizarres ou mignons, irrésistibles, rebutants, super, pas pires ou carrément nonos.

Il y a aussi un squelette qui apparaît la nuit. Un squelette qui rit et qui parle et… Bon, d'accord. Ce genre de squelette n'existe pas. Je sais. Mais il m'en faut un pour vous raconter cette histoire. Une histoire de squelette, de musique et d'amitié. L'histoire d'un amour brisé.

1

Une histoire d'amour
– La fin

Depuis trois jours, j'essayais de le joindre.

— Micha, c'est Anouk. Rappelle-moi.

Trois jours que je lui laissais des messages dans sa boîte vocale.

— Micha… Rappelle…

Pas de réponse. Un matin, je lui téléphone. Je sais qu'il sera là. La veille encore, il travaillait au bistro. À cette heure, il dort, c'est sûr. Tant pis si je le réveille.

— Allô…

Sa voix est rauque, tout ensommeillée. La mienne tremble un peu.

— Qu'est-ce que tu faisais ? Tu ne m'as pas rappelée. Pourquoi ?

— Je ne sais pas. Euh… Pour rien…

N'importe quoi. Mon chum me raconte n'importe quoi.

— Je te dérange ?

Il s'empresse de me rassurer. Mais non, je ne le dérange pas. Au contraire, il voulait me parler. Mais il ne dit rien. Il se racle la gorge. Je le sens qui hésite. Mon estomac se noue. Je murmure son nom.

— Micha…

Je l'entends qui inspire longuement, comme pour se donner du courage. Il parle enfin. Il m'annonce qu'il me quitte. Et vlan ! Comme ça. De but en blanc. La tête me tourne. Je n'arrive pas à le croire. Lui et moi, fini ? Je ne comprends pas. Qu'est-ce que j'ai fait ?

Micha soupire. C'est terminé, un point c'est tout. Il n'y a pas d'explication.

— Je ne suis plus amoureux, Anouk.

Ces mots me parviennent comme une gifle. Ma main repose le combiné du téléphone. Clic. J'ai raccroché. Telle une somnambule, je range mes cahiers dans mon sac d'école. Je prends mon manteau, mes mitaines. J'enfile mes bottes. Et je sors.

○

Au coin de la rue, je n'attends pas longtemps. L'autobus arrive, freine. Je monte, foulard de travers, MP3 à la main, musique à plein volume. Les yeux fixes, je regarde par la fenêtre. Le paysage défile : arbres nus, neige brune, rues dans la gadoue. Arbres morts, neige dégueulasse, gadoue, gadoue, gadoue… Stop. École secondaire Les Prés. Terminus. Je descends. J'entre dans l'édifice. J'avance pareille à un zombie jusqu'au café étudiant. Miriam est déjà là, assise à une petite table, avec un magazine. Je me laisse tomber sur une chaise et j'éclate en sanglots.

— Qu'est-ce qui se passe ?

Je ravale mes larmes. Je raconte. Quatre mots : Micha m'a quittée. Miriam bondit.

— Ce n'est pas possible !

Je me remets à pleurer. Mes yeux sont comme deux robinets. Je ne peux plus m'arrêter. Mon amie me tend des mouchoirs. Inès, Annabelle et Fatima arrivent.

— Qu'est-ce qui se passe?

Miriam leur explique. Stupeur d'Inès. Incrédulité d'Annabelle. Incompréhension de Fatima. Pourquoi? Pourquoi? Pourquoi? Il doit bien y avoir une raison. Mes amies posent leur sac d'école par terre. Mains sur les hanches ou bras croisés, elles cherchent à éclaircir les faits.

— Il est arrivé quelque chose? Vous vous êtes disputés?

Je secoue la tête. Je me mouche. Micha ne m'aime plus. Voilà tout. Ah… J'aurais dû m'en douter. Depuis son retour de voyage, on s'est revus une seule fois. C'était dimanche. Depuis, plus de nouvelles. Sinon, ce matin…

— Il a peut-être rencontré une autre fille, suggère Inès, du bout des lèvres.

Annabelle laisse échapper un juron. Fatima écarquille les yeux.

— Quoi? s'écrie-t-elle. Micha aurait laissé Anouk pour une autre fille?

— Peut-être…, répond Inès, craignant le pire.

— Sans doute, poursuit Annabelle, de plus en plus convaincue.

Fatima, notre douce Fatima, nous dévisage tour à tour, estomaquée. Puis la colère monte, empourpre ses joues, se soude à ma peine.

— Aaaaargh! fait mon amie en écrasant son poing sur la table.

Les filles sursautent. Fatima fulmine.

— Le sssssssal…

Et c'est parti. Les insultes fusent. Inès, Annabelle et Fatima s'insurgent et s'emportent à qui mieux mieux. Elles font de grands gestes, elles parlent fort. Aux autres tables, les conversations s'interrompent. Je baisse les yeux. Tout le monde nous regarde. Peu importe! Mes amies continuent sur leur lancée, jetant des sorts à tous les salauds, menteurs, imbéciles, crétins, profiteurs, traîtres de la terre. Ouille… Pas sûre que ça me fait du bien de croire que Micha est le pire des ceci et le dernier des cela. Pas sûre que ça me soulage de penser que, de toute façon, les gars sont tous pareils… Miriam l'a compris, alors elle ne dit rien. D'ailleurs, la mitraille, ce n'est pas son genre.

La cloche sonne, annonçant le début des cours. Fatima, Annabelle, Inès se radoucissent. Elles ont épuisé leur répertoire d'injures. Leur attention se porte de nouveau vers moi.

— Pauvre Anouk… Ne pense plus à lui.

— Il n'en valait pas la peine.

— Rien qu'un sal…

Je me mouche une dernière fois. Le café étudiant se vide peu à peu. Nous ramassons nos sacs en silence. Nous marchons toutes les cinq vers nos casiers, lentement, en traînant un peu les pieds, pas trop pressées d'arriver en classe, surtout moi avec mes yeux rougis. Miriam glisse son bras sous le mien.

— Dommage…, me dit-elle avec regret. Je pensais que vous deux, c'était pour durer.

— Moi aussi…

— Ne t'en fais pas. Ça va passer. Ça va passer…

○

J'ai croisé Micha une semaine plus tard, un matin, en sortant du dépanneur. Il avait l'air bien. Il avait même l'air content de me voir. Il m'a demandé comment j'allais.

J'étais cernée. Je ne m'étais pas lavé les cheveux. J'avais sûrement une sale tête. Une boule dans la gorge, j'ai répondu :

— Et toi, ça va ?

Il a hoché la tête, songeur. Il est resté un moment silencieux. Puis, le plus simplement du monde, il a laissé tomber :

— J'ai une blonde.

Je me suis raidie. J'ai senti des milliers de petites aiguilles s'enfoncer dans ma peau. Ça me brûlait. Ça me mordait. J'avais envie de hurler : «Et moi ? Tu m'as déjà oubliée ? » Au lieu de cela, j'ai fait :

— Ah…

J'étais sur le point de pleurer. Ça devait crever les yeux. Mais Micha n'a rien vu. Il regardait le bout trempé de ses souliers. Il piétinait dans la gadoue. Et moi, je restais là, au milieu du trottoir, avec mes cheveux en bataille, une marque d'oreiller sur la joue. Je restais là, comme une statue, les deux pieds dans la neige sale, encore à moitié endormie, mais le cœur battant à toute allure. Micha a relevé la tête. Il a esquissé un sourire mi-désolé, mi-soulagé. Puis son regard s'est envolé au loin, au-delà des rues et des passants, des nuages et du ciel même, à des millions de kilomètres de nous deux. À présent, ses yeux brillaient. Mais ce n'était pas pour moi. Il m'a dit : « Salut, à la prochaine. » Et il est allé rejoindre sa nouvelle flamme…

2

Une histoire
de squelette

Tout est calme dans la maison. Ma mère dort depuis un bon moment. Couchée dans mon lit, je fixe le plafond, tandis que dans ma tête défilent en boucle les mêmes images. Micha et moi, les pieds dans la gadoue… Micha et son sourire vague, ses yeux rêveurs… Micha qui s'éloigne, qui s'en va…

Soudain, je me fige. J'ai entendu un craquement. Je me redresse. À la fenêtre, les rideaux s'agitent sans raison. Il est là, je le sens, je le sais. Mon pouls s'accélère.

— Hé! hé! hé!…

Un squelette.

— Hé! hé!...

Un paquet d'os inodore. Une vieille carcasse sèche.

— Hé!...

Deux trous noirs à la place des yeux. Et une voix grinçante qui me glace le cœur.

— Pauvre cruche! me lance-t-il à la figure. Qu'est-ce que tu t'imaginais? L'amour pour toujours?

Je me recroqueville sous ma couette.

— Tu n'étais pas assez belle pour Micha. Pas assez drôle, intelligente, *sexy!*

J'enfouis ma tête sous mon oreiller.

— Trop jeune, bébé, immature. Trop grosse, aussi. On ne te l'a jamais dit?

Je me bouche les oreilles... En vain. Sa voix de crécelle rouillée me parvient quand même.

— Pas assez indépendante. Trop collante, fatigante. Toujours en train de vouloir le bécoter, le minoucher... Pouah!

Je ferme les yeux.

— Pas assez unique, spéciale, originale...

Je joins les mains...

— Trop moche, évidemment!

Et je prie. N'importe comment. De toutes mes forces. Je prie. Mon Dieu, faites qu'il se taise, qu'il se taise, qu'il se…

— Qui voudrait d'une fille comme toi? continue le paquet d'os. Personne! Tu m'entends? Personne! Surtout pas le beau…

Il s'interrompt au milieu de sa phrase. Suis-je exaucée? Pas sûre… Je repousse mon oreiller avec prudence. Je redresse doucement la tête… Le squelette s'est assis à ma table de travail. Il farfouille dans mes cartables et mes paperasses. Il saisit entre ses longs doigts un cahier à couverture rose fuchsia. Mon agenda. Il a pris mon agenda scolaire! J'écris tout là-dedans: mes devoirs, mes sorties, mes rendez-vous, les numéros de téléphone de mes amis, les disques que j'aimerais m'acheter, mes sites Internet favoris… Sans aucun scrupule, paquet d'os se met à le feuilleter. Il lit mes notes, parcourt les pages, comme s'il cherchait quelque chose. Puis il s'arrête. Je l'entends qui ricane. Hé, hé, hé… Il laisse tomber mon agenda et disparaît. Je me lève, m'approche à petits pas. Mon agenda repose sur le plancher, grand ouvert. Sur la page de gauche, je vois

le joli cœur rouge que j'avais dessiné. Zut…
Dans trois jours, c'est la Saint-Valentin.

Est-ce que Micha va acheter du chocolat
à sa nouvelle blonde? Des fleurs? Une
carte? Va-t-il l'inviter au restaurant? Lui
offrir une bague? Va-t-il la demander en
mariage, tant qu'à faire?

Micha ne m'a jamais offert ni chocolat,
ni fleur, ni carte. Aucun cadeau. Pas la
moindre petite folie, comme ça, juste pour
rire. Je ne sais pas, moi: un mot d'amour
glissé dans mon sac d'école, un bracelet en
plastique, un pic de guitare, un paquet de
cigarettes Popeye, un petit rien que je
garderais jalousement dans mon coffret à
bonheur. Une preuve de son passage dans
ma vie. La preuve qu'un jour, il m'a aimée.
Mais je n'ai rien. Pas même une photo.
Aucun souvenir tangible de notre amour…

Grrrrr! Micha ne m'a jamais aimée.
Voilà ce que je me dis. Et dans ma tête, ça
tourne, ça tourne. Ça n'arrête plus de
tourner. Une scène revient sans cesse.
Toujours la même. Je nous revois, Micha
et moi, dans sa chambre. Ce jour-là, il est
bizarre. La musique est trop forte. Ses gestes
sont différents, un peu brusques. J'essaie

en vain d'accrocher son regard. Mais il se dérobe…

C'est pourtant simple. Micha était ailleurs. La tête et le cœur ailleurs. Car il pensait à elle, l'extraordinaire, la mirifique, l'irrésistible… Assez ! Je ne veux pas savoir son nom ! Mais je sais, maintenant… Je sais qu'elle a un adorable petit nez en trompette, que son épaisse crinière auburn lui descend jusqu'aux fesses, qu'elle est très belle, que ses jambes sont longues, longues… Une girafe. Ce n'est pas moi qui l'ai dit. C'est Annabelle : « Elle a l'air d'une girafe. » C'est vrai. Fatima et Annabelle l'ont vue. La fille travaille avec Micha au bistro Bison Ravi. L'autre jour, ils sont sortis ensemble, bras dessus, bras dessous, comme deux amoureux. Ainsi, Inès avait visé juste : Micha m'a larguée pour une autre. Le reste, je l'imagine très bien. Micha se promène avec sa donzelle, un grand sourire niais fendu jusqu'aux oreilles. Il bave, il fait des bulles, il est complètement gaga. Mais il ne perd pas le nord.

— Tu viens chez moi ?

Girafe lui sourit. Bien sûr qu'elle ira chez lui. Il a beau être gaga, elle est sous le charme. Elle flotte, elle aussi. Elle rit sans arrêt, de tout et de n'importe quoi.

Scène suivante, ils arrivent chez Micha. Première réplique de girafe :

— Tu me fais visiter ?

Micha sourit à son tour. Une adorable fossette se dessine au coin de sa bouche. Ils font vite le tour de la maison. Puis ils entrent dans sa chambre. Girafe étouffe un cri en voyant les innombrables CD qui s'empilent contre le mur du fond. Deuxième et dernière réplique de la belle :

— Oh ! Micha ! C'est incroyable. Tu en as combien ?

Micha n'en a aucune idée. Mille ? Dix mille ? Un million ? Il ne va tout de même pas se mettre à les compter ! Il a d'autres plans. Il s'assoit au bout du lit. Il attire girafe contre lui. La belle ne se fait pas prier. Elle glousse. Elle rit encore, comme ça, pour rien. Ils s'embrassent, doucement d'abord. Puis plus fort, plus fort… Ils se caressent. Ils se déshabillent. Ils se caressent encore et encore… Et voilà. Ils le font. Ils font l'amour.

Ça suffit ! Je ferme mon agenda d'un coup sec. *Anouk ! Arrête ton cinéma !* Je m'assois au pied de mon lit, le visage entre

les mains. Je prends de grandes respira-
tions. *Pas de panique. Pas de panique…*
J'essaie de me calmer, de vider ma tête, de
ne plus penser. Je vais à la fenêtre. Je fais
glisser le rideau. J'expire longuement. Et
je pose mon front contre la vitre froide.

Dehors, il fait nuit. Dehors, c'est l'hiver.
Pas un chat. Que des voitures sagement
alignées le long du trottoir. Et un bac de
recyclage oublié dans la neige. Mon regard
s'évade, cherche l'horizon par-delà les toits
et les antennes paraboliques. J'attrape un
grand carré de ciel. Là-haut, quelques étoiles
brillent timidement au-dessus de la ville.
Qu'ont-elles à me dire ? Elles sont si peu
nombreuses… Taca taca tac ! Mes doigts
tambourinent sur la vitre. Taca taca tac !
Ils me parlent de rythme. Ils me demandent
si mon cœur bat encore pour la musique.
Taca taca tac ! Ils me rappellent ma guitare
électrique. Taca taca tac… Ma guitare électrique abandonnée dans un coin de ma
chambre… *Anouk ! Anouk ! Où sont tes
rêves ?*

3

Je joue
de la guitare !

J'ai toujours adoré le son de la guitare électrique. Souvent, quand j'écoutais *Rockayéyé* ou *Stéréobancal* ou encore *Les Gazelles atomiques,* je me faisais mon petit cinéma. Je me projetais sur scène, grattant des riffs de guitare. Je ne jouais pas en solo, mais avec d'autres musiciens. Et la foule en liesse reprenait en chœur nos refrains… Parfois, je chantais aussi. Mais pour vrai. Sur mon vélo. La bouche grande ouverte, les cheveux au vent. Je chantais à tue-tête des airs improvisés sur des rythmes de guitare imaginaires. *J'irai aux pommes… avec toi,* *mon amour, cet automne… Oh yeh, babyyyyy!* Un jour, j'ai pensé : si je jouais dans un groupe ? J'ai téléphoné à Miriam qui a dit oui, oui, oui, tout de suite, sans hésiter, c'est génial, on commence quand ?

Le lendemain, on achetait une guitare, une basse et deux amplificateurs chez « Beau bon pas cher ». On est sorties du magasin, le compte en banque à zéro, mais la tête pleine de rêves qui gonflaient, gonflaient à chacun de nos pas… Notre groupe s'appellerait *Macadam totem*. On ferait de la musique rock avec des influences punk, garage, yéyé… On jouerait devant des milliers de personnes. On signerait des autographes. On partirait en tournée mondiale…

On a dû s'arrêter tous les dix pas. Un instrument dans une main et un ampli dans l'autre, c'est pesant. On est arrivées chez Miriam en sueur, les bras morts et la langue à terre. Mais on planait toujours, portées par nos délires et nos idées de grandeur. On a posé notre matériel dans la salle à manger. On a poussé la grande table et les chaises. On a branché la basse, la guitare. On a allumé les amplis. Mon amie a fait résonner sa basse. Donnnnnnng… Dôdonnnnng… J'ai gratté ma guitare. Krakrinchchchch... Krakrunchchch... On ne savait pas jouer. Mais on jouait quand même. Dôdonnnng... Krakrunchchch... Ça ressemblait à tout, sauf à de la musique. Au moins, on essayait. Je cherchais des accords sur ma guitare. Miriam faisait n'importe quoi... ou son possible. Chose certaine, on nageait en pleine cacophonie. Après dix minutes, les doigts nous faisaient mal, à cause des cordes. On a continué quand même, trop heureuses de faire sonner nos instruments. Mon amie a monté le volume de son ampli. Dôdonnnnng... J'ai monté le mien au maximum. Krakrunchchch... La pièce vibrait. Le lustre tremblait. Les cadres claquaient sur les murs. Bientôt, le locataire du deuxième s'est mis à taper dans le plafond. Un cadre est tombé par terre. Kliiiiing ! Et les parents de Miriam sont arrivés.

La mère voulait des explications. Le père a grogné un peu, pour la forme. Xavier, le grand frère, est arrivé à son tour. Il s'est tapoté la tempe avec l'index, l'air de dire « ma sœur a sauté un plomb ». Miriam, piquée au vif, a protesté :

— On a le droit de faire de la musique !

— Pas dans la salle à manger ! a répliqué la mère.

— Tu préfères peut-être que je traîne dans les magasins, lui a lancé Miriam, effrontée. Ou dans les bars...

Le père s'est énervé, pour vrai, cette fois :

— MIRIAM !

— On a le droit de jouer ! a répété mon amie.

Xavier s'en est mêlé :

— Pas question. Je dois étudier ! J'ai un examen.

Miriam, obstinée, martelait :

— On a le droit de jouer.

Le grand frère tenait bon :

— Tu es sourde ou quoi ? Je te dis que j'ai un examen !

Et il s'est mis à épeler le mot, comme si sa sœur était une demeurée.

— «E», «X», «A», «M»...

— Très bien, Xavier ! a coupé le père. Tu peux aller étudier !

Grand frère nous a jeté un regard noir. Il a disparu dans sa chambre en claquant la porte, sans oublier de traiter Miriam de petite princesse bourgeoise chouchoute pourrie gâtée égoïste. J'ai fait :

— Bon, bien, euh… Je pense que je vais y aller…

Je suis rentrée chez moi les rêves un peu ratatinés, mais pas trop. Pendant la répétition, j'avais tout de même trouvé un accord de guitare. La, do ou sol ? Qu'importe ! Les notes souriaient à l'oreille. C'était déjà un début. Il suffisait de continuer. Ainsi, tous les soirs, seule dans ma chambre, j'ai gratté, gratté les cordes de ma guitare…

Le samedi suivant, rendez-vous chez Miriam. Les parents nous prêtaient la salle à manger, mais à deux conditions :

1) ne pas jouer trop fort (pitié pour les voisins !) ;

2) jouer quand ils feraient les courses et que Xavier serait à son cours de karaté, soit exactement entre 12 h 30 et 15 h 10.

Je suis arrivée chez mon amie à midi et demie tapant avec une suite de trois accords qui sonnaient pas mal du tout. Miriam, patiente, a cherché sur sa basse les notes qui s'harmoniseraient avec mes accords. À force de tâtonner, de se tromper et de recommencer, à force de toujours tomber sur les mauvaises notes, elle a fini par trouver les bonnes. Et soudain, la cacophonie a cédé la place à quelque chose qui pouvait ressembler à de la musique. Pur moment de magie. On jouait. On jouait vraiment! Toujours les mêmes accords, toujours les mêmes notes, bien sûr. Mais on jouait! Un peu tout croche, en trébuchant sur les cordes, évidemment. Mais on jouait! *Macadam totem* prenait forme. *Macadam totem* existait enfin!

Puis on a vite compris qu'il nous fallait un batteur.

On a demandé à Fatima, qui a réfléchi, hésité, pesé le pour et le contre, réfléchi encore… avant de conclure qu'elle en avait déjà assez avec ses trois petits frères et ses entraînements de soccer. «Désolée, les filles…» On a tâté le terrain du côté d'Inès et d'Annabelle… Peine perdue. Pour Inès, le rock, même alternatif, gothique, punk, trash et tout le tralala, c'est pour les octogé- naires. «Le rock, c'est périmé. Fini, *kaputt,* mort!» Quant à Annabelle, elle ne se voyait pas taper sur des «tambours», comme elle disait. «Ah! mais…» Elle a souri, l'air rêveur. Tiens… Elle se rappelait… Elle avait suivi des cours de musique à l'école primaire. «Je pourrais jouer de la flûte…» Miriam et moi avons échangé un regard horrifié. De la flûte? Beurk!

○

Debout devant la fenêtre, je tambourine encore. Taca taca tac… À force de jouer de la guitare, de la corne s'était formée sur le bout de mes doigts. Je la montrais à tout le monde, comme un trophée. J'en étais fière. N'était-ce pas la preuve que j'étais guitariste? À présent, la corne a presque disparu. Rien d'étonnant, je ne m'exerce plus. Je vais aux répétitions, c'est tout. Alors, bien sûr, je joue comme un pied. Je bute sur les accords. J'ai du mal à suivre le rythme. Je traîne de la patte, comme on dit. Si ça continue, *Macadam totem* va chercher une autre guitariste.

4

Une histoire de squelette – Prise 2

La fatigue me ramène à mon lit. Je jette un œil au réveil : une heure du matin. Je me laisse tomber sur le matelas. Je me blottis au chaud sous ma couette. J'oublie ma guitare et *Macadam totem*. Je pense à Micha. Je pense à lui sans cesse. Est-ce qu'il pense à moi ?

— Pauvre cruche !

Ah ! non, pas lui.

— Descends de ton nuage !

Le squelette est de retour.

— Regarde la réalité en face !

35

Je m'agrippe à mon oreiller. Vite que je m'endorme pour ne plus l'entendre.

— Micha ne pense plus à toi, c'est sûr.

Je me tourne du côté gauche…

— Il t'a oubliée.

Je me tourne du côté droit…

— C'est comme si tu n'avais jamais existé.

Je me tourne sur le dos…

— Tu as disparu. Pfffit! Tu n'es plus rien. *Nada. Niente. Null.*

Dans ma tête, je cherche une chanson pour me bercer. «Retire ta main, je ne t'aime pas[1]…» Non, pas celle-là! «V'là le printemps ma Juliette… enfin je sers ma chaufferette… et j'enfourche ma moby-lette… puis je sors mon squelette blanc… en dehors de l'appartement[2]!»

Paquet d'os s'avance vers moi. Il lève le bras, secoue la main et fait claquer ses doigts comme des castagnettes. Tac tac tac tac tac! Ma chanson s'arrête net. J'oublie la mélodie, la suite des mots. Je n'entends plus que les paroles assassines du squelette.

---

1. *Je ne t'aime pas,* Kurt Weill/Maurice Magre.
2. *Juliette,* Vincent Vallières.

— Qui voudrait d'une fille comme toi ?
Personne ! Surtout pas Micha. La preuve :
à la première occasion, il t'a laissée tomber.
Et toi, nunuche, patate, andouille, tu penses
encore à lui !

Il s'assoit sur mon lit, se penche à mon
oreille. Sa voix se fait alors doucereuse.

— Chaque fois que tu entends la sonnerie du téléphone, tu sursautes. Ton cœur
se serre. *Si c'était lui…*

On croirait un serpent qui se prépare à
attaquer sa victime.

— Tu l'espères encore, ton Micha. Ne
dis pas le contraire…

Puis il crache son venin.

— Grosse nouille farcie ! Purée de bécas-
sine ! Coulis de cafards ! Micha n'aurait qu'à
siffler et tu te jetterais à ses pieds. Peuh ! Tu
me fais horreur ! Tu me dégoûtes !

Les mots du squelette me mordent le
cœur. J'ai le souffle court. J'ai mal au ventre.

— Écoute-moi bien, petite pintade en
croûte…

Je me tords dans mon lit. J'ai du mal à
respirer.

— Micha et toi, ce n'était pas sérieux. Toi, sa blonde ? Jamais ! Une fille pour sortir, peut-être. Une fille pour s'amuser, pour passer le temps. Rien de plus !

J'ai envie de pleurer. Mais je serre les dents. La vieille carcasse explose de rire et repart de plus belle.

— Tu n'étais pas assez jolie pour Micha. Pas assez drôle, brillante, exceptionnelle… Trop prévisible, ordinaire, quelconque, dérisoire…

Ah… Si Micha était avec moi, si seulement je pouvais de nouveau entendre sa voix, le squelette me laisserait tranquille. Si une bonne fée voulait m'exaucer, je n'aurais qu'un vœu : remonter le temps. Retrouver Micha, celui d'avant, celui qui m'aimait. Revivre encore et toujours notre première rencontre chez Samir…

5

Une histoire d'amour – La rencontre

C'était le 10 novembre. Je me rappelle… Samir, le cousin de Miriam, venait d'emménager en appartement. Une chambre s'était libérée dans le grand sept et demie de son ami Frank, et Samir avait sauté sur l'occasion. Il avait pris ses cliques et ses claques et quitté sa banlieue pour s'installer au 307, rue Sansregrets, à quatre stations de métro de son cégep.

La semaine suivante, pour marquer le coup, Samir invitait tous ses copains et copines… sans oublier sa cousine préférée, nulle autre que Miriam, qui avait tout de suite demandé :

— Et Anouk?

Pour lui, la question ne se posait même pas : évidemment que j'étais invitée ! Pendant une semaine, Miriam et moi, on n'a parlé que de ça : le party chez Samir. On savait déjà ce qu'on allait porter : un jean et un subtil décolleté pour Mi ; une jupette noire pour moi, avec mon t-shirt des *Gazelles atomiques*. Mon amie me prêterait ses boucles d'oreilles incrustées d'améthystes. Je lui prêterais ma ceinture en cuir cloutée et ma bague en forme de serpent lové. On achèterait de la bière rousse «Dragon blanc» et deux paquets de gomme balloune aux cerises. Pour le reste, on improviserait. Mais attention : pas question de dire que nous étions deux «petites jeunes» du secondaire. On prétendrait qu'on étudiait, nous aussi, au cégep.

— Ou à l'université.

— Ça ne passera pas, Mi.

— Tu as raison. Cégep, alors.

On est arrivées vers neuf heures avec nos quatre bières. On ne connaissait personne, sauf Samir, bien entendu. Mais où était-il ? Qu'est-ce qu'il attendait pour venir nous accueillir ? Du calme. Pour l'instant, tout allait bien. On venait tout juste d'enlever nos manteaux, Miriam était déjà en grande discussion avec un blond avec des *dreads,* pas trop mon genre, mais pas vilain du tout. J'ai ouvert une bière, j'en ai offert une à Miriam, qui parlait maintenant avec deux gars (un petit maigre venait de s'ajouter, assez mignon), mêlant sans vergogne mensonges et vérités :

— Anouk est ma meilleure amie (vrai)… On étudie au cégep (faux)… au cégep Saint-Supplice (Saint-Sulpice, pas Saint-Supplice)… Je joue de la basse (vrai)… Anouk est une sacrée guitariste (faux !)… *Macadam totem* existe depuis un an (un mois, Mi, un mois)… D'ici l'été, on organise un concert (es-tu malade !).

Ce soir-là, Miriam est volubile. Le blond et le petit maigre aussi. Ils la taquinent. Miriam rit. Elle a son rire des grandes soirées, quand le rose lui monte aux joues, son rire de soprano, toute fébrile qu'elle est, tout excitée de se trouver là, ici maintenant, avec deux gars. Non, trois à présent, trois gars autour d'elle qui ne demandent qu'à la faire rire encore et encore.

Samir vient vers nous – enfin ! – avec son crâne rasé, ses lunettes de savant dingue et son nouveau tatouage. Miriam lui saute au cou. Elle ne l'a pas revu depuis le mois d'août. Samir nous fait visiter son appartement. D'abord les chambres, avec la phrase classique : « Ne faites pas attention au désordre. » Puis la cuisine, éclairée au néon, où se tient la moitié des invités debout, entassés entre la cuisinière et le frigo. Ensuite, la pièce où se trouve l'autre moitié des invités, le salon double, avec son éclairage tamisé et les trois divans dénichés à l'Armée du Salut. Sans oublier la salle de bain, là où repose la bière, c'est-à-dire dans la baignoire, au frais, avec de la glace. Le sous-sol, on le verra plus tard. Quant à la cour, notre hôte est formel : il faudra revenir l'été prochain pour un petit barbecue.

Samir nous présente Charlotte, Manu, Frank et Youki, ses quatre colocs, étudiants au cégep en sciences humaines, comme lui, et tous ses autres amis, du cégep aussi, évidemment : Fred, Doudou, Mike, Pablo, Yanis, Liam, Sacha, Sandrine, Boris, Émile, Coryse, Simon, Alice, Nina, Sophie, Baptiste, Falou, Rose, Chloé, Delphine, Noah, Juliette, Zoé, Nico…

Miriam parle à tout le monde. Je parle aussi, mais moins. J'observe. Mon regard se promène sur les murs orange, jaune, mauve du salon. Il glisse ensuite sur les quelques meubles dépareillés. Mes yeux s'attardent sur le système de son et les deux haut-parleurs étrangement silencieux... Je m'arrête sur une immense toile signée Youki, une superposition de photographies et de peinture abstraite, visages anonymes en noir et blanc dans une anarchie de couleurs. L'endroit me plaît. L'atmosphère aussi. Un peu de musique, et ce serait parfait. D'ailleurs, je m'étonne que personne n'y ait encore songé.

Je vais à la salle de bain me chercher une autre bière. Je reviens au salon. Miriam discute avec un rouquin à barbichette (Nico?) et une noire tout en noir (Juliette, je crois). La voilà qui fouille dans ses poches... Je la rejoins.

— Anouk! Où étais-tu? Il te reste de la gomme?

C'est alors qu'il arrive. Ni grand ni petit. Frisé. Des cheveux très bruns, presque noirs. Un sac à dos effiloché derrière l'épaule. Le frisé entre dans le salon et fait un salut à la ronde. Nos regards se croisent. Il me sourit. Avec les yeux surtout. Des yeux pétillants, un brin coquins. Il a l'air sympa. Je lui rends son sourire, façon de dire bonjour.

— Il te reste de la gomme? répète Miriam.

— Dans mon manteau.

Mon amie me plante au milieu du salon et file vers le vestibule. Le frisé a posé son sac près du système de son. Il s'accroupit et en sort des CD, des piles et des piles de CD. Tiens, tiens... Le DJ de la soirée... Oups! Il relève la tête. Il a dû se sentir observé. Nos yeux se croisent de nouveau, s'accrochent. À son tour de m'étudier. Il me regarde avec une certaine insistance, comme si mon visage ne lui était pas étranger, comme s'il me cherchait au fond de ses souvenirs... Je comprends. On s'est connus il y a longtemps, dans une ville lointaine, une autre vie peut-être. Un événement tragique nous a séparés. Il a eu un accident. Sa mémoire est trouble. Mais peu à peu, le passé refait surface, il se rappelle... Mais non! Je fabule. On ne s'est jamais rencontrés. Je m'en souviendrais. Il me prend pour une autre, c'est sûr. Erreur sur la personne. Je m'avance vers lui.

— Je te fais penser à quelqu'un ?

— Non.

Je reste un peu bête.

— Ah… Je… Tu… Tu me regardais. J'avais l'impression que…

— Je te trouve belle.

Je manque de m'étouffer. Belle, moi ? Pas pire, peut-être. Mignonne, à la limite. Mais *belle* ? J'ai dû mal entendre…

— Tu n'es pas en sciences humaines.

— Hein ?

— En tout cas, je ne t'ai jamais croisée dans les couloirs du cégep.

— Euh…

— Tu étudies en arts ?

— C'est-à-dire…

Sapristi ! Est-ce que je vais enfin dire quelque chose d'intelligent ?

— Je suis au secondaire.

Mi m'aurait étripée. Le gars ne bronche pas. Il fait :

— Ah bon. Je croyais que tu étais en arts.

— Pourquoi ?

— Ton *look*.

Je souris intérieurement. Moi, une artiste ? Je suis flattée, je l'avoue. Je reprends confiance. Je pose ma bière. J'aperçois une petite pochette en carton avec des spirales bourgogne et noir psychédéliques. Je bondis :

— Le dernier album de *Rockayéyé* ?

— J'ai aussi celui en concert.

— Noooooooonnnnnn…

— Si. Mais je préfère *Fancy fiancés*. Ou…

Il prend une autre pochette, un boîtier, cette fois.

— … ou *Stéréobancal*.

J'écarquille les yeux.

— *Stéréobancal* ?

— Tu n'aimes pas ?

— C'est mon dernier coup de foudre !

Il prend le CD, le place dans le lecteur.

— Et ta chanson préférée ?

La réponse sort toute seule.

— *Joséphine et ses quatre chéris !*

Le frisé appuie sur deux ou trois boutons. Les haut-parleurs se réveillent enfin et crachent la musique de *Stéréobancal*: guitares saturées, basse lourde, batterie déchaînée. La musique me traverse le corps, de bas en haut. Ma poitrine se gonfle, un espace s'ouvre en moi. Je suis lourde et légère à la fois, les deux pieds cloués au sol, la tête et le cœur en apesanteur. Comme dans un avion qui décolle, deux forces me distendent : mon corps, tiré par la gravité, se plaque contre le siège, tandis que l'appareil, propulsé par la force des moteurs, s'arrache du sol et gagne le ciel. Ça tire vers le bas. Ça tire vers le haut. Je m'envole et je reste là… Le frisé aussi. Il me parle de musique, de ses groupes favoris : *Navet confus, Grosses molaires, Toubib express, Gentil chaman, Zélés confits, Les Dindons aplatis, Méchants cabots, Les Sœurs cosmiques, Médium saignant, Les Sorcières marinées, Les Nanazzz…* Que des groupes que j'aime. D'autres aussi que je meurs d'envie de découvrir.

— *Galatube?*

Le frisé tente de me décrire le style de *Galatube*.

— Un mélange des *Sœurs cosmiques* et des *Dindons aplatis.* Par moments, ça fait penser à *Grosses molaires,* mais…

Il s'interrompt tout à coup. À présent, il zieute mon t-shirt. Un peu trop à mon goût.

— C'est quoi, *Les Gazelles atomiques*?

Je me rappelle que je porte mon fameux t-shirt des *Gazelles…*

— Tu ne les connais pas?

— Non.

— Si tu aimes *Fancy fiancés,* tu vas adorer, surtout depuis qu'ils ont un nouveau guitariste, l'ancien des…

Je n'ai pas le temps de terminer ma phrase. Miriam arrive comme une fusée. Elle attrape ma main, me tire.

— Ma gomme est dans mon manteau, Mi. Dans la poche intérieure gauche…

— Rien à cirer!

Elle m'entraîne vers un escalier menant au sous-sol. Nous sommes accueillies par une fanfare, non, un concert de casseroles. En tous cas, un bruit d'enfer! Un groupe de six ou sept personnes forme un demi-cercle. Nous nous approchons. Derrière une batterie, Samir, à la fois détendu et concentré, improvise un petit concert pour ses copains. Miriam prend mon bras puis s'approche de mon oreille. Elle crie :

— Alors ?

Je lève le pouce. Je suis d'accord. Mille fois d'accord. Samir serait parfait pour *Macadam totem*. Faudra lui proposer. Pourvu qu'il accepte... Je touche du bois, une étagère brune à côté de moi. Miriam ferme les yeux et joint les mains, comme si elle faisait une prière... Un gars vient l'interrompre, le petit maigre mignon de tout à l'heure.

Et c'est reparti. Miriam est en pleine discussion. Elle s'anime, gesticule, éclate de rire, tandis que Samir, infatigable, tape à qui mieux mieux sur sa caisse claire, les cymbales et tutti quanti. À un moment, mon amie saisit le poignet du petit maigre, regarde sa montre. Voilà qu'elle se fige, ouvre de grands yeux et plaque sa main contre sa bouche. Elle pivote vers moi, me fait signe de jeter un œil à ma montre... Zut ! Minuit moins une. Si on ne veut pas rater le dernier autobus, on a intérêt à décoller au plus vite. C'est déjà l'heure de dire adieu. Au cousin d'abord... On lui envoie la main. On lui souffle trois mille bisous... Mais Samir, propulsé par ses baguettes dans un univers de rythmes entêtés et de gros décibels, ne nous voit pas. Tant pis. Il faut partir.

On remonte quatre à quatre l'escalier. Là-haut, dans le grand salon double, la fête est à son comble et le volume au maximum. Tout le monde se déhanche sur la musique de *Méchants cabots*. Miriam court faire la bise à tout un chacun. Je me dirige vers le portique, j'enfile mon manteau, prends mon foulard. Et j'attends. Des yeux, je cherche le frisé, le gars des CD... Je l'aperçois à l'autre bout du salon, debout près d'une fenêtre avec la noire tout en noir et le rouquin à barbichette. J'hésite, je piétine, j'attends encore... Comme Miriam n'en finit plus de dire « salut, à la prochaine, c'est quoi déjà ton nom ? », je finis par me décider. Je traverse le salon, m'avance vers le frisé. Arrivée à sa hauteur, j'effleure son bras. Le frisé se tourne vers moi. Il me regarde, un peu surpris. Ses lèvres remuent. Je n'entends rien. Mais je crois lire :

— Déjà ?

J'acquiesce d'un signe de tête. Il se penche à mon oreille.

— Pourquoi?

Je hausse les épaules. Pas envie de hurler à travers la musique. Pas envie de lui expliquer à grands cris et à grands gestes que pour prendre l'autobus 31 à 12 h 49, on doit d'abord prendre le 64 à 12 h 11, puis marcher jusqu'à l'arrêt du 301 qui nous déposera au coin de Sainte-Sophie et Prince-Édouard... Alors je pose ma main sur son bras et je lui fais la bise, un seul bec sur la joue, une toute petite bise de rien du tout... Ouf! J'ai chaud. Je fais demi-tour, je m'éloigne, j'attrape Miriam au passage, on court jusqu'à l'arrêt d'autobus et on saute de justesse dans le 64. Fin du party. Retour à la maison.

○

Le lendemain, j'étais dans ma chambre en train de faire mes devoirs quand le téléphone a sonné. C'était Miriam.

— Je viens de parler à Samir...

Je me suis assise sur mon lit.

— Et puis?

— Il dormait encore. Tu te rends compte ! Midi passé, et je l'ai réveillé...

— Qu'est-ce qu'il a dit ?

Mon amie tournait autour du pot. Elle me laissait mariner, rien que pour m'énerver.

— Tu connais Samir. Tu sais comment il est...

— Non, pas trop ! Qu'est-ce qu'il a dit ?

— Bien...

— Quoi ?

Elle a éclaté de rire. Puis, enfin, elle a lâché le morceau.

— Il est d'accord !

J'ai pris mon oreiller, je l'ai lancé au plafond. Je me suis mise à crier et à sauter sur mon lit comme sur un trampoline. Miriam criait aussi. Nous étions folles de joie. Enfin, nous avions un batteur. Samir jouerait pour *Macadam totem* ! Yahouououououou !...

Au même moment, un certain Micha appelait Samir pour obtenir le numéro de téléphone de la petite brune avec le t-shirt des *Gazelles atomiques*. Je venais à peine de raccrocher que la sonnerie retentissait de nouveau.

— Anouk ?

J'ai répondu, un peu essoufflée.

— Oui.

— C'est Micha.

J'ai arrêté de respirer.

— Le gars au party, hier.

— …

— Allô?

— Oui.

— Le gars avec les CD. Tu me replaces?

— Oui, oui, tout à fait. Je te replace. Oui, oui…

— Je te dérange?

— Non, non, pas du tout. Non, non, non…

— Qu'est-ce que tu fais ce soir?

J'avais les mains moites, je tremblais comme une feuille, de peur, de bonheur, d'incrédulité. Le frisé, Micha, je veux dire, m'invitait au concert de *Gogo carpet et les télépathes*. Je n'avais encore jamais entendu parler d'un groupe pareil, mais qu'importe! Micha m'aurait invitée au concert des *Frères Kraft* que je n'aurais pas hésité une seconde : rien ni personne sur cette planète n'aurait pu m'empêcher de sortir avec lui ce soir-là.

6

Une histoire d'amour
– Les débuts

Je suis quand même passée à un cheveu
de rester à la maison. À cause de ma mère…
Déjà que j'étais sortie la veille et que j'étais
rentrée à une heure pas possible, alors deux
soirs de suite, là, franchement, j'exagérais !
En plus, *Gogo carpet* jouait au WD-40[3],
un cabaret rock dans l'est de la ville dont le
nom obscur ne l'inspirait guère.

— Ils vendent de l'alcool au WD-40 ?
s'est-elle informée.

---

3. En réalité, WD-40 (à part être une marque d'huile) est le
nom d'un groupe québécois rock/country/punk.

Évidemment, qu'ils vendaient de l'alcool. Mais j'ai haussé les épaules, l'air de ne pas savoir.

— Tu es trop jeune pour aller dans ce genre d'endroit, a-t-elle conclu.

— Je m'en vais écouter de la musique. Pas me soûler.

Le visage de ma mère est demeuré impassible. Venais-je de marquer un point ? Pas sûre… L'interrogatoire ne faisait que commencer.

— Qui est ce Michel ?

— Il s'appelle Micha.

— Je ne le connais pas.

— C'est un ami de Samir.

— Samir ?

— Mais oui ! Le cousin de Miriam.

— Quel âge a-t-il ?

— Qui ?

— Michou.

— Micha !

Le ton montait. Je m'impatientais. Ma mère aussi.

— Quel âge a-t-il ? a-t-elle répété.

— Même âge que moi.

— Je croyais qu'il étudiait au cégep.

Je n'ai pas levé les yeux au ciel, mais j'ai bien failli. Bon sang! Ma petite maman chérie semblait oublier que dans moins d'un an, je serais, moi aussi, au cégep. Alors un an ou deux de différence avec Micha, qu'est-ce que ça pouvait faire! Mais elle insistait.

— Tu m'as dit qu'il étudiait au cégep.

— C'est ce que je disais. Même âge que moi!

Ma mère m'a foudroyée du regard. Je me suis excusée. J'avais intérêt à filer doux si je ne voulais pas tout faire capoter… À bien y réfléchir, le WD-40 ne paraissait pas causer problème. Le nerf de la guerre, c'était Micha… Parce que Micha était un gars. Parce que je le connaissais à peine et qu'il m'invitait dans une salle de spectacle où il y aurait sans doute des recoins sombres… Voilà ce qui taraudait ma mère. J'en étais persuadée. Plus j'y songeais, plus ça me paraissait évident.

— Ne t'inquiète pas, maman. Je ne suis pas le genre de fille à se laisser tripoter par le premier venu.

— Mais il ne s'agit pas de ça, ma chérie!

Mon œil. Nous venions d'entrer dans le vif du sujet. J'ai alors joué le tout pour le tout.

— Je n'ai jamais fait l'amour, si tu veux le savoir.

— …

— Même que je ne suis pas très dégourdie pour mon âge. À l'école, beaucoup l'ont déjà fait.

— Je sais, a-t-elle déploré. Vous êtes tellement précoces…

— Pas moi. J'ai embrassé trois gars dans ma vie.

Elle a eu un petit sourire attendri. Elle me trouvait mignonne tout à coup. Ça m'a un peu vexée. Mais je devais reconnaître que c'était bon signe.

— La première fois, c'était au camping, il y a deux ans.

— Ah…

— La deuxième fois, à la fête de Miriam.

— Et puis ?

J'ai pris un air blasé.

— Bof…

Mauvaise réponse. À ce moment, j'ai commencé à perdre des points. Mais je ne m'en suis pas rendu compte sur le coup.

— Et le troisième ? a demandé ma mère.

— C'était au party d'Halloween de l'école.

— Ça t'a plu ?

— Bof...

— Encore !

— Bien... Disons... 5/10.

Ma mère s'est tue. Elle hochait la tête, méditative, comme si elle ne savait trop quoi penser de mes «révélations». Elle semblait déçue, un peu lasse tout à coup. J'ai alors compris que je m'étais fourvoyée. En jouant les filles détachées que rien n'atteint, les insensibles, les blindées, les indifférentes, je ne l'avais pas rassurée. Au contraire. Je l'avais laissée perplexe. À présent, elle paraissait loin, plongée dans ses rêveries... Puis une étincelle s'est allumée dans son regard. Elle s'est mise à rigoler toute seule. Devant ma mine interloquée, elle m'a dit :

— Oh, ce n'est rien... Ça me rappelle des choses...

Des «choses»? Elle en faisait, des mystères ! Son visage avait changé. Elle affichait un petit air espiègle. On aurait dit une gamine.

— Tu sais, m'a-t-elle avoué, j'ai un beau souvenir de mon premier baiser.

— C'était papa?

— Non. Lui, c'était encore mieux.

— Raconte!

— Oh, non, pas ce soir.

— Tu dis toujours ça.

— Tu as des devoirs à terminer, non?

J'ai fait la moue.

— Si tu veux aller à ton rendez-vous…

Je ne lui ai pas laissé le temps d'achever sa phrase.

— Alors, c'est d'accord? Tu veux?

— Je veux que tu sois prudente…

J'ai donc promis d'être prudente et de faire très attention. À quoi? Je ne l'ai jamais su exactement. J'ai dû promettre aussi de rentrer dès la fin du concert et de laisser mon téléphone cellulaire ouvert en tout temps. Après quoi, j'ai eu, enfin, la permission de sortir!

○

J'avais rendez-vous avec Micha à neuf heures tapantes. Il a fallu que je me retienne à deux mains pour ne pas arriver trop d'avance… À neuf heures moins quart, j'étais devant la porte du WD-40. J'ai levé la tête. Dans le ciel brillait un quartier de lune. Je m'y suis accrochée, un grand sourire aux lèvres. Et je rêvais! Et je planais! Je chantais des chansons dans ma tête. Des chansons de printemps en plein mois de novembre! «Bonheur intense, une nouvelle saison pousse comme une fleur bleue, sur le gazon… De bonne humeur je me lance, il n'y a plus de canon, je ne compte plus les heures, le temps d'une chanson[4]…» Biiip! Ma montre a sonné neuf heures. J'ai regardé autour de moi: point de Micha. À 9 h 05, j'ai perdu mon sourire. 9 h 09: j'ai commencé à stresser. *S'il ne venait pas…* 9 h 12: j'étais au bord de la panique. 9 h 14: je peinais à retenir mes larmes. *Il m'a oubliée. Il a changé d'idée. Il…* 9 h 15: quelqu'un s'est planté derrière moi et a posé ses mains sur mes yeux, genre «Coucou! Devine qui c'est?» J'ai toujours trouvé ce petit jeu légèrement ridicule. Cette fois-ci, non. C'était Micha, alors… Je me suis

---

4. *Nouvelle saison,* Vincent Vallières.

retournée vivement. J'ai ri, soulagée qu'il soit là enfin.

— Excuse-moi… J'ai raté l'autobus.

Je l'ai regardé. Il était pareil à mon souvenir. Mêmes cheveux frisés en bataille. Mêmes yeux bruns pétillants. Sauf qu'il était encore plus mignon que la veille.

— Tu es là depuis longtemps ?

— Non… Oui… Un peu…

— J'avais peur que tu sois partie.

Il m'a ouvert la porte.

— Viens… Ça va commencer.

Et nous nous sommes engouffrés dans le WD-40.

○

La salle était bondée. Des centaines de spectateurs s'étaient massés devant la scène. Nous nous sommes faufilés tant bien que mal jusqu'aux premiers rangs. Puis, d'un coup, tous les spots se sont allumés. La foule s'est mise à crier et à siffler. *Gogo carpet et les télépathes* se tenaient sur la scène, à deux mètres devant nous, crachant leurs décibels avec une fougue contagieuse. J'en avais plein les yeux, plein les oreilles surtout, mais pas une seconde, pas une seule seconde, je n'oubliais la présence de Micha, debout à côté de moi, si près, si près… Je restais là, bougeant à peine, plongée dans une délicieuse torpeur, avec l'envie de me coller contre lui, de respirer son odeur que je devinais lorsque son bras, sa hanche me frôlaient… De temps à autre, il se tournait vers moi. Nous échangions un regard complice. Le sien disait : ça va ? Ça te plaît ? Le mien répondait : oui, ça me plaît. Oui, oui, je suis bien.

À un moment, il s'est placé derrière moi et m'a enlacée. Une douce chaleur s'est répandue dans tout mon corps. Micha a enfoui son nez dans mes cheveux. Je sentais son haleine tiède sur ma joue… J'aurais voulu arrêter le temps.

Autour de nous, la foule chantait, dansait, sautait sur la musique endiablée de *Gogo carpet*. Micha et moi, l'un contre l'autre, nous nous bercions, lentement, comme au ralenti, sur un rythme que nous seuls connaissions, à des années-lumière de la musique effrénée qui faisait trembler les murs du WD-40.

Puis le concert a pris fin. Il y a eu deux ou trois rappels, je ne sais plus. Les spectateurs se sont dirigés vers la sortie. Nous avons pris nos manteaux au vestiaire et nous nous sommes retrouvés sur le trottoir.

Dehors, la lune avait disparu. Il pleuvait. Les spectateurs se sont vite dispersés, se hâtant de monter dans des taxis ou courant vers le métro le plus près. Micha, lui, ne semblait pas pressé de partir.

— Tu veux aller boire une bière? a-t-il proposé.

— Je ne peux pas.

— Un jus d'orange, alors?

J'ai souri malgré moi, ravie qu'il insiste un peu. Puis j'ai secoué la tête. Non, non, ce n'était pas possible.

— Où habites-tu?

— Par là, ai-je répondu, en montrant du doigt l'arrêt d'autobus de l'autre côté de la rue.

La gaffe! Il ne me restait plus qu'à gagner le trottoir d'en face et à entrer dans l'abribus, tandis que Micha partirait sans doute dans l'autre direction. À moins que…

— Je peux aussi prendre le 68!

— ?

— C'est plus loin… à quelques rues d'ici. Mais l'autobus passe plus souvent. On peut marcher ensemble…

Le visage de Micha s'est illuminé d'un grand sourire. Et on est partis tous les deux sous la pluie, en direction de l'arrêt du 68. Il a fallu descendre la rue Marchand jusqu'au deuxième feu de circulation, puis tourner à gauche, toujours en direction du 68… À mi-chemin, Micha a ralenti le pas pour se saisir d'un parapluie abandonné à côté d'une poubelle. Il l'a ouvert. J'ai pouffé de rire. Deux branches étaient cassées. La toile pendait, déchirée. On aurait dit un épouvantail. Micha l'a levé au-dessus de nos têtes, il m'a tendu le bras, et nous avons continué notre route, laissant nos pieds, nos jambes, nos cœurs nous guider par les rues et les ruelles de la ville, passant devant l'abribus du 68 sans même nous arrêter…

L'eau me dégoulinait dans le cou, le vent s'engouffrait sous mon manteau, mais j'étais heureuse, accrochée au bras de Micha. Nous marchions sans mot dire. De temps à autre, je murmurais : «C'est par là.» ou «On va tourner à la prochaine rue.» Puis le silence nous enveloppait de nouveau. Et je retrouvais cette douce torpeur qui m'avait bercée pendant le concert. Le temps s'étirait. Peut-être même s'était-il enfin arrêté.

Nous sommes arrivés devant ma maison transis, trempés. Micha a gravi avec moi les marches du perron en refermant cahin-caha notre parapluie de fortune. Puis nous sommes restés là, sur le pas de ma porte, à nous regarder sans trop savoir comment nous séparer. D'une voix mal assurée ou qui commençait simplement à s'enrouer, il a murmuré :

— À bientôt…

Sa main a glissé sur ma joue, lentement, en une longue caresse. J'ai approché mon visage du sien. Nos lèvres se sont touchées. Nos souffles, peu à peu, se sont emmêlés… Et du fond de mon sac, une mélodie stridente nous a fait bondir. Zut ! Mon téléphone. À coup sûr, c'était ma mère. Je n'ai pas répondu. J'ai inséré ma clé dans la serrure et j'ai ouvert la porte.

— Je suis là, maman. Je m'en viens…

J'ai dit au revoir à Micha. Il m'a serrée contre lui. On s'est embrassés une dernière fois. Puis je suis rentrée.

○

Le lendemain, dimanche, j'avais rendez-vous au 307, rue Sansregrets, pour notre première répétition avec Samir. Je suis arrivée là-bas sur mon petit nuage rose, les yeux brillants et le corps en apesanteur. J'étais fatiguée, je pétais le feu, je me sentais à fleur de peau, j'étais indestructible… Tout ça à la fois ! Pour couronner le tout, il me semblait qu'un petit soleil irradiait au milieu de ma poitrine.

Je suis descendue au sous-sol rejoindre Samir et Miriam. L'air de rien, j'ai posé mon ampli par terre, branché ma guitare. De son côté, mon amie me lançait des regards pleins de sous-entendus. Elle brûlait de m'entendre lui raconter ma soirée avec Micha. D'un geste discret, je lui ai fait signe que ce n'était pas le moment. Samir avait beau être son cousin, je n'avais pas envie de déballer ma vie personnelle devant lui. Puis nous avions du pain sur la planche.

— Un, deux, trois…

Miriam et moi avons commencé à jouer les morceaux que nous avions composés. De son côté, Samir suait bravement derrière sa batterie, croisant et décroisant les mains au-dessus des toms, attentif aux lignes de basse et aux riffs de guitare, proposant des rythmes, une montée par-ci, un ralentendo par-là, enchaînant avec un roulement de cymbales ou de caisse claire… Miriam et moi étions emballées ! Notre musique gagnait en force, prenait de l'ampleur. Ça décollait !

Après le quatrième ou cinquième morceau, Samir a demandé :

— Qui va chanter ?

— Anouk ! a répondu Miriam avec toute la spontanéité dont elle est capable.

Je l'ai dévisagée, d'abord surprise. Moi, chanter ? Qu'est-ce qu'elle racontait ? Mais l'idée me plaisait… beaucoup… énormément… à la folie ! Un deuxième soleil s'est allumé dans ma poitrine. Oui, oui ! J'avais bien envie de chanter !

Mais il y avait un hic.

— On n'a pas encore écrit de paroles, a précisé Miriam.

Samir paraissait ahuri.

— Mais qu'est-ce que vous attendez, les filles ?

— Ça viendra…, a rétorqué calmement mon amie, comme s'il s'agissait d'un détail.

Je me suis tournée vers elle.

— Il a raison, Mi! Il faudra qu'on s'y mette. Surtout si on prévoit un spectacle l'été prochain.

— Tu pourrais nous chanter ta soirée d'hier, m'a-t-elle lancé du tac au tac.

J'ai rougi jusqu'aux oreilles.

— Alors? s'est empressé d'ajouter son cousin. Tu es sortie avec Micha?

J'ai rougi encore plus. Jusqu'aux cheveux cette fois.

— Alors? a repris mon amie.

J'avais l'impression qu'un projecteur était braqué sur moi. J'avais chaud. Je suais. Je voulais disparaître sous le tapis.

— Alors? répétait Samir, comme si on se connaissait depuis la maternelle.

— Alors? insistait Miriam. Comment c'était? Raconte! Raconte!

Ma meilleure amie n'avait pas l'air de saisir à quel point leur curiosité me mettait mal à l'aise. Pour preuve, elle en rajoutait.

— Vous vous êtes embrassés?

— MI !

Là, franchement, elle dépassait les bornes.

— Qu'est-ce qui te prend, Anouk ? Pourquoi tu t'énerves ?

— Je ne m'énerve pas !

— On est entre nous.

— Comment ça, « entre nous » ?

— Pas besoin d'être gênée devant Samir. Il est relax. En plus, c'est mon cousin.

— Peut-être, mais ça me gêne, moi !

— Mais pourquoi ?

— POUR RIEN ! ÇA ME GÊNE, C'EST TOUT !

— …

— …

— Bon.

Voyant qu'elle était allée trop loin, Miriam s'est excusée, ajoutant qu'elle n'avait pas voulu me contrarier ou m'embêter ou me fâcher ou…

— De toute façon, ai-je conclu, il n'y a rien à raconter. On est sortis, il m'a raccompagnée, puis… euh… bon… oui… on s'est embrassés.

70

Miriam n'a pas pu s'empêcher de crier comme si j'avais décroché la lune.

— OUAOUOUOU!

— Je le savais! s'est exclamé Samir, tout aussi enthousiaste.

— Ça va, ai-je tranché, toujours aussi confuse d'être le centre de l'attention. Ce n'est pas la peine d'en faire toute une histoire.

Mon amie s'est écriée :

— Mais si, Anouk! C'est beau, ce qui t'arrive.

Elle s'emportait, elle s'exaltait.

— Je suis tellement heureuse pour toi!

J'ai baissé la tête. Je n'en finissais plus d'être troublée. Mais aussi, je souriais, ravie, transportée de bonheur. De nouveau je flottais sur mon petit nuage. Plus je pensais à Micha, plus je me sentais amoureuse. J'avais terriblement hâte de le revoir… Puis, d'un coup, un doute, une inquiétude m'a saisie, qui m'a ramenée sec au plancher. Le reverrais-je?

— Ah…, ai-je soupiré. J'espère qu'il va me rappeler.

— Mais oui! ont répondu en chœur Miriam et Samir.

7

Une histoire d'amour – La suite

Miriam et Samir avaient raison. Deux jours plus tard, Micha me rappelait pour m'inviter au cinéma.

Ce soir-là, je portais un manteau à capuchon, ma jupette noire du party et des collants multicolores qui détonnaient avec le gris du ciel. Les mains dans les poches, une mèche devant les yeux, mon beau frisé m'attendait devant la porte du cinéma. Un peu gênés, on s'est fait la bise, sans oser s'embrasser. On a acheté nos billets, on est entrés dans la salle. Et le film a commencé.

Tout était mauvais : l'intrigue, les effets spéciaux, les acteurs… même nos boissons gazeuses. Mais l'obscurité nous enveloppait et la main de Micha n'arrêtait pas de frôler la mienne dans l'immense sac de maïs soufflé. J'ai posé ma tête sur son épaule. Il a caressé ma joue, puis mes cheveux, longtemps, longtemps… Il chuchotait :

— Tu sens bon. C'est quoi ton parfum ?

Je répondais :

— C'est mon shampoing.

Il disait :

— J'adore tes cheveux. Tu ressembles à Cléopâtre.

Je pouffais de rire.

— Mais non !

Les gens derrière nous s'impatientaient :

— Chut !

Mine de rien, j'avais allongé ma jambe sur la cuisse de Micha. Celui-ci, posant un doigt sur ma cheville, le laissait glisser lentement sur les rayures de mon collant, remontant vers mon genou, puis ma cuisse, en nommant les couleurs.

— Rouge, bleu, vert, jaune, mauve, orange…

Puis, s'approchant un peu plus de mon oreille :

— Tu viendras souper chez moi ?

— Où habites-tu ?

— Chez mes parents.

— Oui, mais OÙ ?

Une dame s'est retournée brusquement :

— CHUT !

Après un moment de silence, j'ai murmuré :

— Le film est nul, non ?

— Archi-nul.

D'un commun accord, on s'est levés. Micha a pris ma main et on est sortis avec l'idée absurde d'aller manger un cornet de crème glacée. Dehors, les premiers flocons de l'hiver dansaient au-dessus de nos têtes, puis se posaient tout doucement sur le trottoir pour disparaître aussitôt. On n'a pas trouvé de crème glacée, mais au détour d'une petite rue, on a découvert, par hasard, « Ali Baba ».

L'endroit portait bien son nom. Un petit escalier menait à un demi-sous-sol exigu, aux plafonds bas, mais toujours bien chauffé.

On avait vraiment l'impression d'entrer dans une caverne, mais pas n'importe laquelle. C'était une caverne merveilleuse où des milliers de CD s'empilaient sur des étagères, débordaient des bacs, encombraient les allées étroites et même le comptoir de la caisse. Une caverne étonnante qu'on ne finirait jamais d'explorer. «Ali Baba» est vite devenu notre magasin de disques favori.

Par la suite, chaque fois qu'on sortait, c'était immanquable, on s'arrêtait d'abord chez «Ali Baba». On n'achetait pas grand-chose, mais le disquaire, un vieux punk avec une épingle à couche dans le nez et une chauve-souris tatouée sur le crâne, nous aimait bien. Il nous laissait nous promener à notre guise dans les allées, pêcher dans les bacs un CD par-ci, par-là, et surtout, SURTOUT, monopoliser l'unique poste d'écoute du magasin. Au moment où on enfilait les écouteurs, il s'élançait vers nous en agitant une pochette au bout de son bras.

— Écoutez-moi ça, les enfants!

Il posait le CD sur le lecteur avec tous les autres disques qu'on s'apprêtait à faire jouer.

— *Les Splasch*…, annonçait-il, fin connaisseur.

— C'est bon? demandait Micha, toujours à l'affût.

— Vous allez hal-lu-ci-ner !

J'appuyais sur le bouton, et la musique vrombissait dans nos oreilles. Micha, un bras passé sous mon manteau, entourait ma taille. Ou alors il se tenait derrière moi et glissait ses deux mains dans mes poches. Et on pouvait rester là, une heure, deux heures, debout devant le poste d'écoute, l'un contre l'autre, à se remplir la tête de riffs de guitare, de rythmes saccadés ou simplement de mélodies planantes. On écoutait tout ce qui nous tombait entre les pattes, du rock alternatif à l'électropunky, en passant par le ska, le yéyétronic, le dub, le rap et le hip hop.

Soudain, il fallait partir. Déjà? On n'avait pas vu le temps passer. Zut ! On reposait les écouteurs, on disait «bye bye» au disquaire, puis on sortait en trombe de la «caverne». On traversait la rue à toutes jambes. Vite, vite, on allait manquer le début du film ! Mon foulard traînait par terre. J'échappais un gant. Il fallait rebrousser chemin. On s'esclaffait, puis on repartait à mille à l'heure, main dans la main, le manteau ouvert au vent. Bientôt, je m'arrêtais, je n'en pouvais plus. À bout de souffle, je m'assoyais sur les marches d'un escalier. Micha prenait mon bras, tirait. Je résistais, de tout mon poids. Micha tirait plus fort. Je me cramponnais à la balustrade. Mon chum changeait de tactique. Il me chatouillait. Je le repoussais avec mes bras, mes pieds, en lançant des cris mêlés de rires. Je réussissais enfin à me dégager et je me sauvais en haut de l'escalier. Là, je faisais mine de sonner à la porte.

— Tu es folle ! me soufflait Micha, resté en bas.

Puis d'un élan, il gravissait les marches. Au dernier moment, je sautais sur la main courante pour atterrir en moins de deux sur le trottoir. Et je repartais au galop, poursuivie par Micha, qui me rattrapait, interrompant notre course.

Les joues rouges, les cheveux en pagaille, il reprenait haleine. J'agrippais alors les pans de son manteau. Je me pendais presque à lui. Et j'écrasais ma bouche contre la sienne. Ses bras s'ouvraient, m'enserraient, me soulevaient… J'étais la fille la plus heureuse du monde. Puis on repartait, en marchant, cette fois. Après tout, pourquoi se presser ? Pour regarder dix minutes de pub et de bandes-annonces ? On avait tout notre temps. On avait toute la vie ! On pouvait s'arrêter autant qu'on voulait pour s'embrasser. On s'arrêtait à tout bout de champ, au coin d'une rue, contre une vitrine, dans une cabine télé-phonique, devant l'entrée du cinéma…

○

Micha m'invitait souvent chez lui après l'école. Je soupais alors avec sa famille. Et quelle famille ! Il y avait le père et la mère, tous deux avocats. Venaient ensuite Noémie, l'aînée, étudiante en biochimie et militante écolo radicale et, enfin, les jumeaux Alfred et Jasmin, huit ans, hyperactifs, allergiques aux noix, aux arachides et aux carottes trop cuites.

Quatre enfants. Quatre esprits vifs qui n'ont pas la langue dans leur poche. Des répliques fusant de toutes parts à la vitesse de l'éclair. Quatre moulins à paroles qui se taquinent, se provoquent, s'emportent à propos de tout et de n'importe quoi. Deux parents, unis dans la tempête, qui interviennent par moments, pour calmer le jeu. Et moi, Anouk, habituée aux repas en tête à tête avec ma mère… J'étais étourdie. Étourdie par ce tourbillon incessant de rires, d'éclats de voix, de débats, de chamailleries, de larmes parfois. Effrayée et fascinée à la fois par ce joyeux bordel qui pouvait tourner au drame le temps de crier «baba au rhum».

Mais j'étais ravie aussi. Ravie de voir mon chum avec ses proches. Micha et sa tribu. Micha… Aussi fougueux, bavard, moqueur que les autres. Capable de discuter avec Noémie des changements climatiques et du protocole de Kyoto tout en se disputant pour le dernier morceau de lasagne. Capable d'ébouriffer les cheveux d'Alfred ou de dérober la fourchette de Jasmin, rien que pour les faire enrager. Capable de poser une colle à son père, histoire d'ébranler son flegme, mais aussi de donner un coup de main à sa mère, de trancher du pain, de servir la soupe ou d'apporter les bols à salade, sans oublier de me décocher au passage un clin d'œil complice.

Mon chum pouvait se compter chanceux. Non seulement il avait deux petits frères espiègles, une grande sœur super intelligente, un père et une mère qui vivaient sous le même toit, mais chaque soir, il mangeait du dessert. Gâteau au fromage ou carrés au chocolat ou tarte aux framboises... C'était le grand moment de la soirée. Les esprits surchauffés s'apaisaient enfin. Les paroles se faisaient rares. Micha coulait vers moi des regards tendres... ou me faisait du pied sous la table. Je n'étais plus étourdie, effrayée ni fascinée. J'étais bien. Tout simplement. Et gourmande à souhait !

Mais déjà, il fallait se lever, desservir la table, faire la vaisselle. La pagaille reprenait aussitôt. Les linges à vaisselle fouettaient l'air, les cuisses, les mollets... On s'attaquait, on se vengeait, on se remettait à crier, on avait des fous rires... Puis chacun partait de son côté, libre de vaquer à ses affaires.

Micha et moi allions nous réfugier dans sa chambre. Il y avait un lit, bien entendu, une table de travail minuscule, une grosse chaîne stéréo et des centaines de CD qui tapissaient la moitié d'un mur. Ce n'était pas « Ali Baba », mais presque. Allongés par terre ou assis sur l'édredon, nous passions le reste de la soirée à faire nos devoirs en écoutant *Les Gazelles atomiques, Fancy fiancés, Les Nanazzz, Solo jambon, Kara-Ok, Tacot bobine, Glutomate mono-sadik*… et maintenant, *Les Splasch*. À tout moment, on se relevait pour placer un autre CD dans le lecteur ou remettre la même chanson pour la dixième fois d'affilée.

Peu à peu, je délaissais mes livres, mes cahiers. Tout doucement, je me coulais contre Micha. Mes doigts se perdaient dans ses cheveux. Sa main caressait ma nuque, mon dos, mes fesses… mais sans plus. La mère ou le père s'arrêtaient souvent devant la porte à demi fermée pour nous prier de baisser le volume ou simplement jeter un œil. Ou alors c'était les jumeaux qui nous espionnaient, nous, « les deux amoureux », en ricanant. Seule Noémie nous laissait en paix. Maintes fois, j'ai souhaité me retrouver avec Micha, sans toute sa tribu. Et plutôt que de rentrer chez moi, je serais restée là, tout contre lui, longtemps encore, toute la nuit peut-être, pour mieux goûter ses caresses qui, au fil des semaines, me troublaient de plus en plus, réchauffaient mon ventre, me chaviraient.

Puis Micha est parti douze jours en Floride avec sa famille. Quand il m'a annoncé ce voyage, mon cœur s'est serré. Je ne voulais pas être séparée de mon chum. Surtout pas pendant les vacances de Noël. Douze jours! Comment allais-je tenir le coup? Micha, lui, ne semblait pas si catastrophé. Bien entendu, c'est toujours plus facile de partir que de rester…

Heureusement, on s'est parlés tous les soirs au téléphone. Ça nous a coûté une petite fortune, mais tant pis. J'avais besoin d'entendre sa voix, besoin qu'il me fasse rire, qu'il me rappelle combien il m'aimait. Besoin de savoir qu'il s'ennuyait de moi et qu'il reviendrait bientôt, très bientôt, dans onze jours, dix, neuf, huit, sept… Après, je pouvais dormir tranquille. Il me suffisait de penser à lui, à nos retrouvailles prochaines, à ce qu'il faisait là-bas… Oh, pas grand-chose, d'après ce qu'il me racontait, sinon qu'il passait ses journées à jouer au volleyball sur la plage et à surveiller les jumeaux pour qu'ils ne fassent pas trop de bêtises.

— Et Noémie ?

— Elle bat des cils.

— Hein ?

— Elle fait de jolis sourires aux sauveteurs… musclés, de préférence.

— Je ne te crois pas !

— Je te le jure !

Dire que j'avais plutôt imaginé la grande sœur sous un parasol en train de lire *Le livre noir des États-Unis* ou la biographie de Che Guevara !

— Et les jumeaux ?

— Alfred est passé à travers la porte-fenêtre.

— Ah, le pauvre !

Par chance, le petit frère s'en était sorti avec quelques égratignures et trois points de suture sur le front. Quant à Jasmin, il s'était contenté d'un méga coup de soleil qui l'obligeait à se baigner en t-shirt et affublé d'un grand chapeau à rebords. La mère, en congé de popote, entamait son sixième roman policier, tandis que le père, heureux comme un retraité derrière son barbecue, faisait griller tous les soirs du poisson frais ou des fruits de mer. Ça manquait de légumes, mais c'était délicieux.

— Et le dessert ?

— Pas de dessert.

— Tant mieux !

— Pourquoi ?

— Comme ça, tu seras pressé de rentrer.

— J'ai hâte, Anouk. Tu me manques.

○

Lui aussi, il m'a manqué. Mais je n'étais pas malheureuse. Pendant les vacances de Noël, je me suis bien occupée : guitare dans ma chambre, patin avec les copines, cuisine avec ma mère, réveillon, ingestion, digestion, guitare, *Macadam totem,* patin, patin, guitare encore, lèche-vitrine et souper avec mon père et sa blonde qui m'ont offert le cadeau du siècle : un ensemble de haut-parleurs pour mon ordinateur. Rien de moins ! Avec Miriam, j'ai passé des après-midi à naviguer sur les sites Internet de nos groupes préférés, à télécharger des tonnes de chansons rock, punks, gothiques, rap et tout le tralala, mais aussi, à imaginer les couleurs et le design du futur site musical de *Macadam totem* !

○

Micha est revenu de vacances, tout beau, tout bronzé. Aussitôt arrivé, il m'a téléphoné et je me suis précipitée chez lui. Toute la soirée, on s'est collés, collés… Puis j'ai dû rentrer chez moi, comme toujours, déçue de me séparer de lui une fois de plus. Mais, en même temps, quel bonheur de le retrouver ! Il m'inviterait de nouveau au cinéma. On retournerait chez «Ali Baba». Je serais avec lui, comme avant, dans ses bras, dans son cœur, dans sa vie. Et on s'aimerait encore et encore…

○

Le lendemain, au bout du fil, Micha m'annonçait une grande nouvelle : *Les Gazelles atomiques* jouaient au WD-40 ! Il venait tout juste d'appeler à la billetterie.

— Il reste encore des places pour ce soir. Ça te tente ?

— Ouiiiiiiiiiiiiiiiiiiiiiiiiii !

○

C'était un jeudi. On est partis très tôt, histoire de faire un saut chez «Ali Baba» pour dire bonjour à notre disquaire préféré, jeter un œil dans les bacs, sans trop s'attarder, bien sûr, et grappiller quelques CD pour écouter deux ou trois chansons, sans plus, quatre peut-être…

Comme d'habitude, on s'est installés derrière le poste d'écoute. Comme toujours, on n'a pas vu le temps passer. Évidemment, on a couru comme des dératés pour ne pas être en retard. J'ai perdu une mitaine, le bout de mon foulard était tout sale, mais on est arrivés à temps. La première partie venait à peine de commencer.

La salle était déjà à pleine capacité. Pas moyen de se faufiler à l'avant. On s'est donc placés tout au fond, près de la console. Debout derrière moi, Micha me tenait tendrement contre lui. Ça m'a rappelé le concert de *Gogo carpet* où il m'avait enlacée pour la première fois. À présent, j'étais encore plus amoureuse, complètement éprise de lui. Et je planais au son des guitares psychédélique des *Gazelles atomiques*… Le dos appuyé contre sa poitrine, j'ai senti ses mains glisser sous mon chandail, caresser mon ventre, tout doucement, puis, lentement, remonter pour effleurer mes seins. Mes doigts ont agrippé ses cuisses. Mes ongles se sont enfoncés dans sa peau. Pendant une fraction de seconde, j'ai cessé de respirer. Mon chum m'a serrée un peu plus fort. Son souffle, près de mon oreille, me paraissait brûlant. Ma gorge était sèche… Le jour viendrait, très bientôt, où loin du bruit et de la foule, je me retrouverais seule avec lui. Ce jour-là, emportés par nos étreintes et nos désirs emmêlés, Micha et moi, on ferait… l'amour.

○

Ce serait dimanche. Pas dans trois jours. Mais le dimanche suivant. Dans dix jours exactement. Micha et moi en avions parlé après le concert. Ses parents prévoyaient partir en skis toute la journée avec les jumeaux. Quant à Noémie, elle irait au musée ou au cinéma avec une amie. Dimanche… Normalement, je devais me rendre chez Samir pour répéter avec *Macadam totem,* mais je m'organiserais. On répéterait le samedi, pendant que mon amoureux travaillerait au bistro.

Dans dix jours… Mon Dieu! Micha me verrait toute nue. Pour la première fois. Est-ce qu'il me trouverait belle? Je raserais mes jambes juste avant de partir. Je mettrais de la crème, mes plus belles bobettes, ma bague porte-bonheur, celle avec un serpent lové. Je serais propre, douce, je sentirais bon. Dix jours… Est-ce que j'apporterais des condoms? Pas sûre… Sortir «ça» de mon sac? Ridicule. Tout de même… J'en glisserais un dans ma poche de jeans avant de partir, au cas où, en souhaitant que Micha y penserait aussi… Il y penserait. Sûrement. Après tout, j'étais son invitée. Il était plus vieux que moi, plus expérimenté. Il avait déjà fait l'amour, lui, j'en étais sûre. À vrai dire, je n'avais pas osé lui poser la question, mais je croyais deviner la réponse. Micha avait dix-sept ans, bientôt dix-huit. Les filles le trouvaient mignon. Il était charmant, dragueur, entreprenant… Tant mieux. Mille fois tant mieux. Il saurait quoi faire. Il saurait me rassurer. Car j'avais peur… Peur de saigner. Peur d'avoir mal. Peur de ne pas être comme il faut, d'avoir un défaut de fabrication. Peur que ça ne marche pas, qu'il ne sache pas me pénétrer… D'après Inès et Annabelle, ça arrive parfois. À cause de l'hymen qui résiste. Parce que la fille est tendue. Parce que le gars est maladroit… Est-ce qu'on se rendrait jusque-là ? On se connaissait depuis deux mois. Ça me paraissait beaucoup. Ça me paraissait peu en même temps. Il nous faudrait peut-être plusieurs rendez-vous dans l'intimité d'une chambre. Peut-être pas… Malgré mes craintes, j'avais envie de lui. Envie d'un corps à corps avec mon amoureux. Toucher ses bras nus, sa poitrine, son ventre… Ouf ! Ça me semblait un grand saut tout à coup. Un saut dans le vide… ou plutôt dans le ciel ! Car je l'aimais. Micha était mon premier vrai chum. Oui, oui. Ce serait lui. Il serait ma «première fois». J'étais prête. Je le voulais. Pour lui. Pour moi. Dix jours… On aurait tout l'après-midi rien que pour nous deux, rien que pour s'aimer.

8

Un après-midi
chez Micha

Micha a ouvert la porte. Les cheveux ébouriffés, la chemise boutonnée en jalouse, il venait de se réveiller. Craquant, comme toujours. Tandis que j'enlevais mon manteau, mes bottes, il regardait ses pieds, puis il me regardait, un petit sourire en coin. Il regardait ses pieds, il me regardait… Pour la première fois, je lui trouvais l'air un brin timide.

— Ils sont partis ? ai-je chuchoté.

— Ça va. On est seuls.

Je me suis approchée. Il m'a serrée dans ses bras. Puis, doucement, il m'a éloignée de lui.

— Tu veux un jus d'orange?

J'ai acquiescé d'un signe de tête. On s'est dirigés à pas feutrés vers la cuisine, en parlant tout bas, comme si quelqu'un avait pu nous entendre. J'ai bu mon jus d'orange lentement, à petites gorgées, dans la grande pièce inondée de soleil. Micha m'observait sans rien dire. J'ai souri. C'était étrange de le voir ainsi, si réservé, hésitant peut-être. Était-il nerveux, lui aussi? J'ai posé mon verre. Je me suis penchée vers lui, tout doucement, et j'ai collé mes lèvres sur son cou. Il m'a pris les mains. Il s'est levé et m'a entraînée dans sa chambre.

Je me suis assise sur le lit défait. Mon cœur battait fort. Mes mains tremblaient. Pour la première fois, j'allais faire l'amour. Après, je ne serais plus la même… On a commencé à s'embrasser. Je me suis étendue sur le dos. Micha s'est allongé tout contre moi pour se relever presque aussitôt.

— Qu'est-ce que tu…

— Attends… Ne bouge pas.

Il a mis un CD dans le lecteur. Il est revenu vers moi. On a continué à s'embrasser. J'ai entendu *Chlagala, mon bébé*, une chanson de *Fancy fiancés*. J'adore ce

groupe, mais à ce moment-là, précisé-
ment… Ça m'a un peu déboussolée. J'aurais
préféré entendre la voix de Micha. J'aurais
voulu qu'il murmure des mots doux à mon
oreille, des «je t'aime, je t'aime, je t'aime…»
à l'infini, des «mon amour… ma chérie…
ma princesse…». C'est peut-être cucul la
praline, mais tant pis, c'est ce que je sou-
haitais. Au lieu de cela, *Chlagala, mon
bébé* (2 min 31) prenait fin. Les premiers
accords de la deuxième chanson (*Squelette,*
3 min 45) ont retenti. Micha a relevé mon
t-shirt. Ses mains se sont faufilées derrière
mon dos. Il a dégrafé mon soutien-gorge.
Il a agrippé mes seins. Il s'est mis à les
caresser, à les masser, à les pétrir. À la fin
du troisième couplet, sa main droite a glissé
sur mon ventre, puis entre mes cuisses. J'ai
cherché son regard. En vain. Ses yeux
fuyaient les miens. Pendant quelques
secondes, je me suis demandé qui était ce
gars couché sur moi en train de détacher
mon jeans. Et cette fille qui répondait sans
conviction aux caresses de son chum, était-
ce bien moi? Sûrement pas. Moi, j'étais
folle de mon chum. Ça ne me ressemblait
pas. D'habitude, j'adorais qu'il m'embrasse,
qu'il me touche. Qu'est-ce qui nous arrivait?

Le refrain scandait «Squelette dans le placaaaaaarrrd!» et j'étais crispée. Passive et crispée.

— Détends-toi…, a-t-il murmuré.

Je n'ai rien compris. Le chanteur de *Fancy fiancés* hurlait: «Squelette dans le placaaaaaarrrd! Squelette qui rit dans le nouaaaarrrrrr!»

— Qu'est-ce que tu dis?

— Relaxe…

— Hein?

— Détends-toi.

«Détends-toi»? C'est tout ce qu'il trouvait à dire? Je l'aurais mordu! Mais j'ai fermé les yeux. Et j'ai essayé. Vraiment. J'ai essayé de me détendre, d'être là, simplement là, avec lui. Mais je n'y arrivais pas. J'ai rouvert les yeux. J'ai plaqué mes deux mains contre ses tempes. Je l'ai forcé à me regarder. Une ombre est passée dans son regard. Un doute. Pire: un malaise. Quelque chose clochait. Quoi? Je ne sais pas. Je l'ai repoussé. Je me suis relevée. J'ai replacé mon t-shirt, reboutonné mon jeans et je suis partie. Micha n'a rien fait pour me retenir.

Je suis rentrée chez moi toute cham-
boulée.

— Que se passe-t-il ? a fait ma mère,
dès qu'elle m'a vue franchir la porte.

Le cœur à l'envers, je me suis adossée
contre le mur.

— Tu t'es disputée avec Micha ?

C'était plus une affirmation qu'une
question. Une larme a coulé sur ma joue.
J'ai secoué la tête. Non, non, on ne s'était
pas disputés, mais…

— Il vient de téléphoner.

J'ai enlevé mes bottes à toute vitesse.
Je me suis précipitée dans ma chambre.
J'ai rappelé Micha. Il semblait tout aussi
bouleversé que moi.

— Anouk…

— Micha…

— Qu'est-ce qui t'a pris ?

— Je ne sais pas… Tu étais bizarre.

— Mais non.

— Mais si. Pas comme d'habitude.

— …

— C'est vrai, Micha.

— Mais non.

— Mais si.

— J'étais fatigué.

— Fatigué?

— Mais oui, tu le sais bien. Je n'arrête pas une seconde.

Il disait vrai. Depuis son retour de Floride, il travaillait presque tous les jours au bistro. En plus, il jouait au hockey, suivait des cours de conduite… Bref, il était hyper occupé. Et on ne s'était pas revus depuis le concert des *Gazelles atomiques*.

Après un court silence, Micha a dit :

— J'ai besoin de recul.

J'ai sursauté.

— Quoi?

— J'ai besoin de temps, Anouk.

Les nerfs à fleur de peau, je me suis affolée.

— Pourquoi? Je ne comprends pas! Qu'est-ce que tu racontes?

— …

Micha se taisait. À bout de patience, j'ai crié :

— Mais parle!

Les yeux me piquaient. J'étais sur le point de pleurer.

— Anouk, calme-toi… Je…

Il allait ajouter quelque chose. Je ne respirais plus. J'attendais.

— Tu sais que je tiens à toi…

J'ai repris mon souffle.

— Tu m'aimes encore?

— Mais oui, je t'aime, mais oui.

— C'est vrai?

— Mais oui.

— Vraiment?

Je n'arrêtais plus. Cent fois je lui ai demandé:

— Tu m'aimes?

Cent fois il m'a répété:

— Mais oui, Anouk. Je t'aime…

À la fin, nous étions épuisés tous les deux. Quand j'ai raccroché, je me sentais à peu près rassérénée. Mais ça n'a pas duré. J'ai repensé à ce qui s'était passé dans sa chambre. Il y avait eu un malaise entre nous, je n'étais pas folle… Mais je n'avais rien dit. Comme d'habitude. Je ne disais jamais rien. J'aurais pu au moins lui demander de changer de musique ou carrément de l'arrêter. Au lieu de cela, j'étais partie. Je m'étais défilée. Quelle tarte !

C'est alors que je l'ai entendu pour la première fois.

— Tu n'aurais pas dû t'enfuir…

J'ai frissonné. Sa voix me griffait les oreilles. On aurait dit un vieux corbeau tout démantibulé.

— Il fallait rester. Aller jusqu'au bout.

Avant même de le voir apparaître, allongé sur mon lit comme s'il était le roi de la planète, j'ai compris à qui j'avais affaire. Un timbre pareil ne laissait aucun doute. D'un bond, le squelette s'est levé.

— Qu'est-ce qui t'a pris ?

— Je ne me sentais pas bien…, ai-je murmuré.

Paquet d'os m'a aussitôt interrompue :

— Tu exagères encore !

— Mais…

— Tu te fais des idées ! Tu inventes !

Je l'ai regardé, interdite. À quoi voulait-il en venir ?

— Tu dramatiiiiiiises! s'est-il écrié, en levant les bras au ciel. Comme toujours! Résultat: ton rendez-vous s'est terminé en queue de poisson! Et tu veux savoir pourquoi?

Ma gorge s'est serrée.

— Parce que tu es une petite capricieuse.

— C'est faux..., ai-je répliqué, d'une voix à peine audible.

— CA-PRI-CIEUSE! a martelé le squelette. Si tout n'est pas parfait, si les choses ne se déroulent pas comme tu le veux ou comme tu l'imagines, c'est la crise. Rien de moins! Et c'est exactement ce qui s'est produit chez Micha. Tu as paniqué, puis tu t'es sauvée. Comme ça, sans explication! Qu'est-ce que ton beau frisé va penser de toi à présent?

Je me suis sentie pâlir. Micha avait dû me trouver complètement idiote.

— À cause de toi et de tes petits caprices à la noix, plus rien ne sera comme avant entre vous deux.

Les paroles du squelette m'étourdissaient, m'assommaient.

— Qu'est-ce qui t'a pris? Tu as tout gâché! Tout bousillé!

Je n'arrivais plus à réfléchir. Tout se brouillait dans ma tête.

Une autre fille n'aurait pas fait tant de chichis. Elle aurait joué le jeu. Elle aurait été plus compréhensive, plus relax. Elle aurait su quoi faire. Elle serait allée jusqu'au bout, elle. Elle aurait…

Soudain, je me suis ressaisie. J'ai empoigné le téléphone et j'ai composé le numéro de Miriam.

— Hééééé, Anouk!

Dès que j'ai entendu sa voix enjouée, le squelette a disparu. Pffffit! Et je suis retombée sur mes pattes.

— Miriam, il faut que je te parle…

○

Mon amie a tôt fait de me rassurer. D'abord, je n'avais rien bousillé. Au contraire. J'avais eu raison de partir. Micha avait été maladroit, brusque même. De mon côté, j'avais présumé qu'il saurait exactement quoi dire, quoi faire au bon moment. Erreur. Mon chum, malgré ses sentiments pour moi, ne pouvait pas deviner mes désirs, ni mes pensées. Et la grande sœur qui risquait de revenir du musée à tout moment, comme un cheveu sur la soupe… Non, non et non, Miriam en était certaine, le moment avait été mal choisi. Il y aurait de meilleures occasions. Ce n'était que partie remise. D'ailleurs, pourquoi brusquer les choses ? Elle n'arrêtait pas de me répéter :

— Il n'y a pas le feu, Anouk… Il n'y a pas le feu !

J'étais plutôt d'accord. Mais je craignais que Micha cesse de m'aimer.

— C'est du délire, m'a-t-elle assuré.

Elle m'a alors rappelé le party chez Samir. Dès le premier soir, Micha et moi, on s'était plu. En tous cas, ça avait cliqué. Et vite ! Car on ne s'était plus lâchés. Rien d'étonnant, selon mon amie, puisque nous avions des tas de points communs.

— Tu trouves ?

— Tu parles ! Deux dingos de musique. Vous êtes faits pour être ensemble.

Miriam avait raison. Micha et moi, ça ne pouvait que marcher.

Trois jours plus tard, il me quittait.

9

Qu'est-ce que tu as, Anouk ?

Plus de trois semaines à présent que Micha m'a laissé tomber. Vingt-trois jours exactement. C'est encore tout frais. J'ai l'impression que c'est arrivé hier. Plus de trois semaines que je suis triste, que je n'ai plus envie de rien. Plus de trois semaines qu'un maudit squelette me tourmente.

— Hé ! hé ! hé !…

Il s'amuse à me rafraîchir la mémoire, histoire de bien tourner le couteau dans la plaie.

— Micha et toi, c'est fini. Tu comprends ? FINI !

Il joue les extra-lucides, le gars averti qui avait prévu le coup depuis le début.

— C'était pourtant écrit dans le ciel! me lance-t-il, les baguettes en l'air.

Il me fait des reproches.

— Mais tu ne voulais rien voir. Tu as préféré t'enfouir le crâne dans le sable.

Il me met la puce à l'oreille.

— Rappelle-toi… À son retour de Floride, Micha est devenu très, très occupé… N'est-ce pas curieux, étrange, louche?

Quelle mauvaise foi! Bien sûr que Micha était occupé. Il travaillait au bistro.

— Après le concert des *Gazelles atomiques,* plus rien. Adieu les balades, les sorties au cinéma, les invitations à souper. À peine le temps de te téléphoner.

Il a raison. Mais c'était prévu: à son retour de vacances, le bistro engagerait mon chum à temps plein jusqu'à la reprise des cours au cégep.

— Micha pensait trop à elle…

Évidemment, paquet d'os me parle de girafe! La nouvelle serveuse à l'épaisse crinière auburn et aux longues, longues jambes… Tout pour me rendre folle! La vieille carcasse me raconte combien elle est jolie, qu'elle a une bouche énorme, presque trop grande, et un rire en cascades qui donne envie de rire avec elle. Une fille drôle, intelligente, gentille à souhait. Au bistro, tout le monde l'a tout de suite adorée. Micha en premier.

— Imagine…, poursuit le squelette. Le voilà sous le charme. Littéralement. Ses sentiments pour toi peu à peu s'effritent. Il se sent mêlé, de plus en plus confus…

À bout de nerfs, je me recroqueville dans mon lit.

— Puis arrive votre rendez-vous d'amour, ce fameux dimanche chez lui…

Je serre les poings.

— Micha tâchait de se convaincre qu'il t'aimait encore. Il a essayé, du moins. Mais le courant ne passait plus entre vous deux. Il a alors compris qu'il s'était éloigné de toi, bien plus qu'il ne l'aurait cru… La belle lui avait ravi son cœur. Désormais, il ne rêverait plus qu'à elle.

Assez! Je lance mon oreiller à l'autre bout de la chambre. Le squelette applaudit, tout content de me voir perdre les pédales. Puis il me raisonne, me sermonne, continue à m'exaspérer.

— C'était écrit dans le ciel. Micha finirait tôt ou tard par te quitter. Après tout, tu n'es encore qu'une gamine. Tandis que l'autre… Ouaw ! Une fille du tonnerre. Une bombe. Une vraie femme, quoi !

Je baisse les bras. Paquet d'os a gagné. J'ai la cervelle vide. Et je me sens nulle, nulle, nulle…

— Crois-moi, tu n'étais pas assez belle pour Micha. Pas assez hilarante, surdouée, gracieuse, splendide, extraordinaire…

Et patati et patata. Toutes les nuits, c'est pareil. Paquet d'os revient me servir inlassablement la même salade indigeste. «Tu étais trop ceci… pas assez cela…» À cause de lui, je dors peu, je dors mal. Quand, au petit matin, le réveil sonne, je ne voudrais qu'une chose : rester sous les couvertures. Dormir encore. Oublier tout. Disparaître… Impossible. On frappe trois coups à la porte de ma chambre. C'est ma mère.

— Lève-toi, Anouk. Tu vas être en retard.

Empêtrée dans mes draps, j'ouvre un œil. L'aube se faufile entre les rideaux mal refermés. Le squelette s'attarde.

— Hé! hé! hé!…

Je m'assois dans mon lit, dans un état semi-comateux, fixant, incrédule, les chiffres lumineux du réveil. Paquet d'os, lui, paraît en grande forme. Il ricane, me nargue. Il se moque de mes yeux boursouflés, rougis par le manque de sommeil. Il dit que je suis cernée, pâle à faire peur.

— On croirait que tu as passé la nuit sur la corde à linge!

J'essaie de me donner du courage. *Allons, Anouk, un petit effort… Bouge ta carcasse!* Au lieu de cela, j'écoute le squelette sans broncher.

— Tu te laisses aller, pauvre enfant! Non, mais regarde-toi! Un fantôme! Une loque! L'ombre de quelque chose qui a peut-être existé, jadis, autrefois, il y a des siècles… C'est bien ta faute! Tu te couches sans te démaquiller. Tu oublies ton lunch. Tu t'empiffres de cochonneries. Chips, chocolat, crème glacée… Tu bois du café l'après-midi. Tu sèches tes cours d'éducation physique. Ta case est dans un désordre pas possible. Tu bâcles tes devoirs. Et puis quoi d'autre ? Ah oui ! Tu as perdu ta bague porte-bonheur et tu t'en fiches ! Pas fort, pas fort…

Un long soupir s'échappe de ma poitrine. Je me sens si lasse, si fatiguée…

— Ta mère s'inquiète, te pose des questions. Mais tu esquives son regard, évites de répondre. Tu dérives, tu dérives… Miriam ne te reconnaît plus. Et elle commence à en avoir ras le bol ! Ras le bol de te voir t'enfoncer un peu plus chaque jour. Ras le bol de te voir délaisser ta guitare. Ras le bol de tes retards, de tes airs renfrognés, de ton silence. Hier encore, tu n'as pas rendu son appel. Si ça continue, elle va faire comme Micha. Elle va te laisser tomber. Et ce sera tant pis pour toi !

Tac tac tac tac tac ! Paquet d'os secoue ses doigts comme des castagnettes et se met à fredonner une chanson.

— « Tu n'es plus qu'une pauvre épave… »

Les larmes me montent aux yeux. Je ravale mon chagrin.

— « Chienne crevée au fil de l'eau[5]… »

_____
5. *La noyée*, Serge Gainsbourg.

Je sors de mon lit. D'un coup sec, j'ouvre les rideaux. Le squelette disparaît enfin. Lentement, je m'habille. Je me traîne jusqu'à la cuisine. J'attrape un muffin sur le comptoir. Je prends mon manteau, mon sac d'école. Et je file.

Dehors, l'hiver m'attend. Je marche, comme tous les matins, vers l'arrêt d'autobus. Je marche et le vent souffle sur mon visage une caresse froide. Je marche sur le trottoir glacé en prenant garde de ne pas tomber. Si je tombe, je le sais, je vais éclater en pleurs. Je marche, le cœur lourd, le corps las. Je marche, telle une âme en peine, hantée par les paroles du squelette. Et je passe des journées entières à côté de moi-même, le regard vague, les idées embrouillées, de longues journées où le moindre effort me paraît une forêt à abattre. Mais qui le sait vraiment ? Je vais à l'école. Je marche, je respire, je dis : « Salut, ça va ? » Je m'assois au café étudiant avec Fatima, Annabelle et compagnie. Je raconte n'importe quoi, je fais semblant d'écouter. Je ris trop fort. Je sonne faux. Je sonne loin. Ça grince. Comme le squelette. Personne ne s'en rend compte. Sauf Miriam.

— Qu'est-ce que tu as, Anouk?

— Rien.

Elle ne me croit pas.

— Tu penses encore à Micha?

Je hausse les épaules. Fatima, Annabelle, Inès se taisent, attendent. Je détourne les yeux. Miriam insiste :

— Tu penses encore à lui?

— Mais non.

— Alors?

— Alors, rien!

Miriam se lève brusquement. Elle attrape un magazine qui traîne sur la table d'à côté et revient s'asseoir en faisant un maximum de bruit. Inès me dévisage, puis jette un regard interrogateur à Miriam. Celle-ci l'ignore. Elle ouvre le magazine et se met à tourner les pages avec une rage à peine contenue. Inès croise les bras et lève les yeux au plafond. Fatima toussote, se gratte le genou gauche, le genou droit… Annabelle fait claquer ses ongles sur la table, comme ça, pour faire passer le temps. Fatima enlève ses lunettes, essuie ses lunettes, remet ses lunettes… Annabelle, enfin, regarde sa montre. Elle se redresse, ramasse ses affaires. Fatima et Inès font de même. Les trois filles disent : « À plus… Ciao… À tantôt… » et s'éloignent. La cloche sonne. Miriam repousse le magazine et se lève. Dans trois minutes, les cours vont commencer. Je ramasse mes cliques et mes claques. Miriam fait la gueule. Je fais semblant de rien. Nous sortons du café sans échanger un seul mot.

10

Qu'est-ce que tu as, Anouk ? – Prise 2

Couchée dans mon lit, je repense à cette scène.

— Qu'est-ce que tu as, Anouk ?

— Rien.

Air sceptique de Miriam. Dimanche dernier, j'ai raté la répétition de *Macadam totem*. J'ai prétendu que j'étais malade. Je mentais, bien sûr. Miriam n'est pas dupe. Elle m'en veut à mort. Mais elle respire par le nez. Elle voit bien que je ne suis pas dans mon assiette.

— Qu'est-ce que tu as, Anouk ?

J'ai honte. Voilà ce que j'ai. Honte. Je croyais que Micha m'aimait, que j'étais unique, irremplaçable à ses yeux. Je croyais que c'était sérieux, lui et moi, qu'on s'aimerait longtemps, longtemps…

Miriam me dévisage.

— Qu'est-ce que tu as, Anouk?

Fatima, Annabelle, Inès me regardent. Elles guettent un aveu. Miriam insiste.

— Tu penses encore à Micha?

Évidemment que je pense encore à lui! Il me manque. J'aimerais qu'il revienne, que tout soit comme avant. Mais je reste coite. Car je sais ce que mes amies diraient. «Tu souffres pour rien. Oublie-le. Il ne reviendra pas. Décroche, Anouk! Décroche!»

Le pire, c'est qu'elles ont raison. «Au fond, c'est mieux comme ça… Il n'en valait pas la peine… Rien qu'un sal…»

Je sais, je sais. Mais j'ai mal quand même.

— Hé! hé! hé!…

Revoilà le squelette. Assis à ma table de travail, il feuillette mon agenda. Il prend des notes et passe en revue les derniers mois de ma vie.

— Anouk a commencé à sortir avec Micha le 11 novembre...

Il pense tout haut, sans se soucier de ma présence.

— Micha l'a quittée 70 jours plus tard, soit exactement le 19 janvier. Je compte 71 jours moins 12 jours en Floride. Il me reste 59 jours, que je divise par 279,31 $ de frais interurbains... C'est plutôt mince. Pas de quoi écrire un roman !

J'ose tout de même une réplique :

— Tu oublies toutes ces heures passées ensemble. Ça compte, non ?

— En effet ! tranche le squelette, toujours le nez dans mon agenda. Voyons voir...

Et il reprend ses calculs absurdes.

— Treize arrêts chez « Ali Baba »... neuf sorties au cinéma... sept soupers en famille... puis on tombe à deux. Deux petits concerts de rien du tout. Et finalement, la cerise sur le gâteau, le fameux dimanche après-midi chez le beau frisé.

Il referme mon agenda avec bruit.

— Voilà le bilan de ta relation avec Micha. Un beau grand fiasco! Hé! hé! hé!… Si je devais donner une note, je vous accorderais «D moins». Et encore… je suis généreux!

Et il se tord de rire. Toute sa carcasse tressaille. Il rit à en perdre haleine. Il s'en tape les fémurs. Il se tient les côtes tellement il rit. Pour peu, il essuierait une larme. Qu'il s'étouffe, à la fin! Je le souhaite de toute mon âme. J'en implore le ciel, les étoiles, la lune… Mais peine perdue. Paquet d'os n'a pas fini de me railler.

— De toute façon, tu n'étais pas assez belle pour Micha. Pas assez désopilante, géniale, prodigieuse, exquise, ravissante, miraculeuse, abracadabrante…

Combien de fois me l'a-t-il répété?

— À la première occasion, Micha t'a larguée! Et toi, grosse poire confite, tu penses encore à lui.

Je connais sa ritournelle par cœur: «Micha n'aurait qu'à claquer des doigts…»

— Micha n'aurait qu'à claquer des doigts…

Qu'est-ce que je disais!

— … et tu te jetterais à ses pieds.

Toujours le même refrain. Toujours la même chanson.

— Micha ne t'a jamais aimée, ma pauvre petite poulette surgelée.

Je n'en peux plus.

— Tu n'étais rien pour lui. Une fille de passage, à la rigueur. Une fille en attendant…

Arrrrrrrrrrrrrrrgh ! Qu'il se taise, à la fin ! Ça fait trente-six mille fois qu'il radote la même histoire. Ce n'est pas un squelette. C'est un perroquet !

— Qu'espérais-tu donc ? Que Micha t'aime jusqu'à la fin des temps ?

— POURQUOI PAS !

Ça lui coupe le sifflet net fret sec. Je continue :

— C'est ce que je voulais !

Paquet d'os se fige comme s'il venait de recevoir une gifle. Mais bien vite, il se ressaisit.

— Quoi ? Qu'est-ce que tu voulais ? L'amour pour tou…

— Oui ! L'amour pour toujours ! Ça t'étonne ?

Vieille carcasse brandit vers moi un doigt menaçant.

— Écoute-moi bien, autruche à la marmelade. Et mets-toi bien ça dans le crâne : Micha et toi, c'est fi…

— Je sais, tête de nœud ! Micha et moi, c'est fini. Pas besoin de me faire un dessin ! Je ne suis pas débile !

Cette fois, je m'énerve pour de bon. Je lui balance tout ce qui me passe par la tête.

— Steak de pingouin ! Soufflé de limace ! Gratin d'hippocampe !

N'importe quoi, pourvu qu'il se la ferme.

— Fromage de babouin ! Haleine de morpion ! Choucroute en crottes ! Brochette de têtards ! Pinocchio mariné !

Paquet d'os ne bouge plus. Il semble tétanisé. À lui de se taire. À moi de parler.

— Tu crois qu'il n'y a rien eu de beau ni de vrai entre Micha et moi ? Tu crois que notre histoire était sans importance, rien de plus qu'une bagatelle ou de la bouillie pour les chats ? Eh bien, tu te trompes !

Je prends une seconde pour respirer. Et je repars de plus belle.

— La chaleur que je sentais quand il me serrait dans ses bras, c'était vrai. Les baisers, les fous rires, les regards complices, c'était vrai aussi. Moi, collante? Oh oui, je l'avoue! Micha aussi était collant. Affectueux! Tendre! Toujours à me parler la bouche contre l'oreille, à respirer mes cheveux. Toujours un bras autour de ma taille ou une main fourrée dans l'une de mes poches…

Je m'essouffle, m'arrête, puis reprends.

— Combien d'après-midi, de soirées passées ensemble? Combien d'heures au téléphone, de balades, de rendez-vous, de caresses, de soupirs, de mots doux? Je n'en sais rien! Mais je n'ai jamais tant écouté de musique. Je n'ai jamais tant vu et revu de films. Je n'ai jamais tant marché, jamais tant couru dans la ville. Mais surtout… je n'ai jamais tant aimé embrasser un garçon. Je n'ai jamais eu tant envie de m'ouvrir… et d'aimer. Elle est là, ma tristesse. Elle est là, ma déception. Dans cet élan avorté. Comme si je m'étais préparée pour une grande fête qui n'avait pas eu lieu. J'aurais tant souhaité vivre cette première fois avec lui. Tu comprends, vieille carcasse?

— …

— Bien sûr, tu ne comprends pas ! Tu es un squelette. Une créature sans cœur, sans chair. Tu ne connais pas les frissons. Ni de peur. Ni d'amour.

Paquet d'os est bouche bée. Ou alors, il a le bec cloué. Je ne sais trop. Je ne le vois plus très bien. Ses contours sont flous et se confondent maintenant avec l'obscurité de la chambre. Mais je suis sûre que mes paroles lui parviennent encore.

— J'aimais Micha. J'aimais tout de lui. Ses yeux rieurs, son sourire coquin. Ses cheveux, sa voix, son odeur… J'aurais passé le reste de mes jours le nez enfoui dans son cou… C'est une histoire toute simple, je sais. Et qui n'a pas assez duré. Mais c'est mon histoire, squelette. Elle m'appartient. Personne ne peut me l'enlever. Pas même toi. Tu m'entends ? Pas même toi !

11

Taga tadak…

Pendant de longues minutes, j'ai fouillé des yeux la pénombre de la chambre. Rien. Le squelette avait disparu. Une défaillance, sans doute…

J'ai pensé à mon amour perdu, à mes amies, à Miriam surtout, à notre amitié à la dérive. J'ai pensé à mon groupe de musique que j'étais sur le point de laisser tomber. J'ai poussé un long soupir. Des larmes sont montées, prêtes à jaillir. Cette fois, je n'ai pas ravalé. J'ai laissé couler. Et j'ai pleuré, pleuré, pleuré, comme jamais depuis que Micha m'avait quittée.

Les larmes se sont taries et je suis restée un long moment, assise sur mon lit, à fixer le vide. À présent, mon regard errait dans la chambre, se posant au hasard sur les vêtements qui traînaient, mes espadrilles, mon sac d'école, un bout de tartine séchée, un verre oublié… Mes yeux se sont arrêtés sur ma guitare, appuyée contre le mur. Je me suis levée. J'ai pris mon instrument, je l'ai accordé. J'ai joué sans ampli, tout bas, tout bas, rien que pour moi. J'ai joué un air de *Macadam totem,* un morceau que j'avais composé avec Miriam. Trois accords. Toujours les mêmes. Un air simple mais entêté. Taga tadak, taga tadak… Puis j'ai posé ma guitare. J'ai allumé ma lampe, attrapé un crayon et une feuille de papier. J'ai imaginé que je vivais en appartement… Dehors, c'était l'été. J'avais envie de sortir, de profiter du beau temps… J'étais soudain ici et ailleurs, moi-même et une autre à la fois. Des mots tourbillonnaient dans ma tête, partaient, revenaient, s'envolaient de nouveau. J'ai couché les mots sur ma feuille. J'en ai rayé certains. J'en ai cherché d'autres, dans mes angoisses, dans mon ras-le-bol, dans mes désirs aussi, sans jamais oublier mon air de guitare, son rythme entêté. Taga tadak, taga tadak… Puis je me suis endormie.

À mon réveil, il était plus de midi. J'ai pris ma feuille qui traînait sur le plancher, à côté de mon lit. Elle était pleine de ratures. Un triple brouillon. Qu'importe. Les mots étaient là. Je pouvais encore les lire. J'ai alors entendu un grincement. Je me suis retournée. La porte de mon placard s'est ouverte. Le squelette était là.

○

Il s'est avancé vers moi, sans bruit. De son index tendu, il a montré ma feuille de papier.

— Qu'est-ce que c'est?

La réponse coulait de source.

— Une chanson.

Le squelette s'est gratté le crâne.

— Pourquoi écrire une chanson?

Dans sa voix, plus rien de grinçant. Une simple question. Une simple curiosité. «Pourquoi une chanson?» À mon tour de me gratter la caboche… Paquet d'os attendait, immobile. Il voulait savoir.

— Pourquoi? a-t-il répété.

J'ai hésité un moment, puis j'ai dit :

— À cause de toi.

Il a esquissé un mouvement de recul. Il semblait perplexe. J'ai enchaîné :

— Depuis des nuits et des nuits, je n'entends que toi. Toi et ton rire moqueur. Toi, tes insultes, ton mépris. Toi et tes paroles kamikazes. Toi, toi, toi. Toujours toi. Je voulais que d'autres mots résonnent dans mon cœur, que d'autres images se dessinent dans ma tête. Je ne voulais plus t'entendre, squelette. Alors j'ai écrit une chanson.

Paquet d'os a hoché la tête lentement. Il a pivoté sur ses talons, est sorti de ma chambre. Ses pas ont retenti dans le couloir, suivis du bruit d'une porte qu'on ouvre et qu'on referme derrière soi.

Le squelette était parti.

12

Une chanson

Le 64 s'immobilise au coin de la rue Péribonka et de la 10e avenue. Au moment où je m'apprête à sortir, le chauffeur m'arrête :

— Hep !

Je me retourne.

— Ta mitaine ! fait-il, d'un mouvement du menton.

— Oh… Merci !

Je ramasse ma mitaine tombée par terre. Je descends. L'autobus s'éloigne. Guitare au dos, je remonte l'avenue, puis tourne à droite sur la rue Sansregrets. L'air est froid.

L'air est bon. Je prends tout ce que je peux, le soleil qui brille sur la neige, le sourire d'un passant…

Miriam et son cousin m'attendent. J'ai rendez-vous avec *Macadam totem*. Vite, que je sois chez Samir. Vite, qu'on se retrouve tous les trois au sous-sol. Vite, vite, que je branche ma guitare et que je joue ma chanson! Car depuis mon réveil, *elle* tourne dans ma tête. *Sortir et mordre la poussière… Sortir et cracher ma colère…*

Elle est un peu sombre, ma chanson. Mais elle s'ouvre vers la lumière. Et elle me porte. À chacun de mes pas. Elle me donne des ailes. Elle me donne du courage… Il m'en faudra. Dans quelques minutes, je serai arrivée. Des papillons se bousculent dans mon estomac. J'ai le trac. Miriam et Samir vont-ils aimer ma chanson?

○

Marasme

Je veux sortir de ma torpeur
Je veux sortir de mon état
Je veux sortir et voir du monde
Je veux sortir de mon appart

Je veux sortir sans mon air bête
Je veux sortir sans avoir peur
Je veux sortir sans faire semblant
Je veux sortir, ce n'est pas mêlant

Je veux sortir parce qu'il fait beau
Parce que l'été ne dure pas longtemps
Je veux sortir, puis faire de l'air
Voir le soleil, sentir le vent

Je veux te sortir de ma tête
Je veux te sortir de mon cœur
Je veux sortir de mon enfer
Je veux sortir… le méchant !

Sortir et mordre la poussière
Sortir et cracher ma colère
Sortir, m'accrocher à la vie
Sortir, accueillir la lumière

Je veux sortir de mon marasme
Je veux sortir de mon marasme
Je veux sortir de mon marasme
Je veux sortir de mon marasme…

○

— Pas mal…, disait Samir, songeur.

Je venais de jouer ma chanson, seule avec ma guitare et ma voix qui tremblait. Je n'étais pas rassurée.

— Tu n'aimes pas?

— Si, si. Mais les paroles…

Assise sur son ampli, le regard rivé au sol, Miriam se taisait. Elle semblait réfléchir. Un froid s'était glissé entre nous quelques jours auparavant. M'en voulait-elle encore?

— Qu'est-ce qu'elles ont, les paroles? ai-je demandé.

— «Sortir de mon marasme»…

— Quoi?

— C'est bizarre.

— Bizarre?

Samir s'est ravisé.

— Spécial, disons.

— Vraiment?

— Tu répètes toujours la même chose. «Je veux sortir… Je veux sortir…»

— Comme une obsession…, a ajouté Miriam, en relevant la tête.

Sur son visage, nulle trace de rancune. Ses yeux brillaient. Elle a bondi sur ses pieds, attrapé sa basse.

— Alors? On essaie de la jouer?

Son cousin ne demandait pas mieux. Et moi donc! Assez discuté. On avait une chanson entre les mains. Qu'est-ce qu'on attendait? Mon amie a branché son instrument. J'ai repris ma guitare. Samir, déjà installé derrière sa batterie, a saisi ses baguettes. Un, deux, trois… Et nous avons joué *Marasme*. Cette fois, j'ai chanté très fort. Avais-je le choix? Samir tapait comme un déchaîné tandis que Miriam augmentait sans cesse le volume de son ampli. Je devais presque hurler. Tant mieux! Ça me faisait du bien de m'époumoner un peu. Résultat : un premier essai plutôt bancal, mais concluant.

— Pas mal, pas mal…, a répété Samir, de plus en plus convaincu.

— Super! a lancé Miriam. J'adooooooooooooooooooore!

Ouf… *Macadam totem* adoptait ma chanson. J'étais plus que soulagée. J'étais heureuse. Et fière! Dans ma tête, soudain, les idées ont commencé à se bousculer comme des électrons. Il nous faudrait un micro, non! deux micros. Miriam chanterait le refrain avec moi. On créerait des harmonies. Samir pourrait chanter aussi. Pour ma guitare, je voulais plus de distorsion et…

Dès lors, tout irait mieux, je le savais. Ce jour-là, quelque chose avait changé. Je ne me sentais plus écrasée de honte et de tristesse. Comment ? Pourquoi ? À cause d'une chanson ? Grande question. Je l'ai posée tout haut :

— Est-ce qu'une chanson peut guérir d'une peine d'amour ?

Samir a haussé les épaules.

— Je ne vois pas le rapport.

— Est-ce qu'une chanson peut guérir…, a repris Miriam, pensive. Je n'en sais rien, Anouk. Mais j'ai le sentiment d'avoir…

Elle s'est mordu la lèvre.

— … d'avoir retrouvé… ma meilleure amie.

Mon regard s'est voilé. Le sien aussi. On a souri, émues. Un ange est passé… Samir a secoué la tête.

— Allons, les filles… Vous n'allez pas vous mettre à pleurer.

On a éclaté de rire.

— Bon. On reprend ?

J'ai acquiescé, des étoiles plein les yeux. J'aurais répété jusqu'au lendemain matin.

Épilogue

Mes paupières sont lourdes. J'ai le cœur
léger. Cette nuit, aucun squelette ne viendra
m'embêter. Paquet d'os est parti se perdre
dans la ville. Pour de bon, j'espère. Si jamais
il revient, j'écrirai. Il se sentira de trop et il
s'en ira.

Comme une marée qui monte, le sommeil me gagne peu à peu. Bien au chaud
sous ma couette, je glisse lentement dans
le monde des rêves...

Demain, j'ouvrirai les yeux sans peine.
Je déjeunerai à la cuisine, tranquillement,
avec ma mère, qui me posera mille questions sur ma vie, l'école, mes amis. Elle dira
que j'ai meilleure mine. «Je commençais à
m'inquiéter, tu sais.» Oui, maman, je sais...
Je lui parlerai de Miriam, de Samir et de
Macadam totem. J'aurai de la musique

plein la tête et des graines de croissant autour de la bouche. Je penserai peut-être à Micha, comme ça, un peu malgré moi. Je fredonnerai un air, je chercherai les mots… et je jouerai de la guitare.

TABLE DES MATIÈRES

HÉLÈNE
de BLOIS

J'aime la musique, les soupers avec les amis et, comme toutes les filles, l'amour me fait rêver. J'aime aussi les livres, bien entendu, et depuis que je ne suis plus à l'université, j'ai le bonheur de lire à près n'importe quoi, du plutôt banal au plus passionnant. Au cours des dernières années, ce sont eux, les livres, qui m'ont fait voyager, mais aussi, qui ont remplacé, d'une certaine manière, mes professeurs. Avant cela, j'ai visité plusieurs pays d'Europe et de l'ex-Union soviétique, et je compte bien repartir un jour pour me dépayser un peu et regarder plus loin que le bout de mon nez! Quand? Après le prochain livre, peut-être... Car je souhaite écrire encore. En attendant, j'enseigne le français à des adultes d'ici et d'ailleurs, ce qui me plaît beaucoup. Je vais aussi dans les écoles et les bibliothèques rencontrer les jeunes pour leur raconter les histoires que j'ai inventées, ce qui est encore mieux !

... et je jouerai de la guitare est mon sixième livre.

Collection Conquêtes